完璧な母親

まさきとしか

幻冬舎文庫

完璧な母親

まさきとしか

目次

序章

色褪《いろあ》せた藍色《あいいろ》ののれんが目についた。店先には信楽焼《しがらきやき》のたぬきとひな菊の鉢植え。営業中の札が出ているが、ガラス戸の向こうは薄暗く、にぎわいの気配はしない。

友高波琉子《ともたかはるこ》がそのそば屋に入ったのは、これ以上歩き続けることを足が拒んだからだった。

正午前の店内には初老の男性客がひとりいるだけで、店主はカウンターのなかで新聞を読んでいた。壁に貼られた手書きのメニューは黄ばみ、カウンターのすみには週刊誌とスポーツ新聞が置かれ、座布団には年月が染み込んでいる。

波琉子は鶏南蛮そばを注文し、テーブルの下でショートブーツから足を引き抜いた。溜まっていた空気が抜け、自然と息が漏れた。ふくらはぎがだるく、膝は熱を帯びている。東京に戻ってからあてもないまま歩き続けた。すれちがう人がみんな自分を見ている気がし、視線に捕まってしまいそうで立ち止まることができなかった。

そばが運ばれ、うつむいたまま箸《はし》を取った。右手が激しく震えていることに波琉子は驚く。私は自分が感じている以上に……。そこまで思ったものの、先が続かない。自分が感じている以上に動揺しているのか、憔悴《しょうすい》しているのか、それともパニックになっているのか。

そんなわけはない、と思う。心は恐ろしく静かなのだ。まるで息の根を止められたように。まるで心そのものをもぎ取られたように。

波琉子は、自分がいまどんな顔をしているのか気になった。青ざめ、こわばっているだろうか。ポスターに印刷された指名手配犯のように鋭いまなざしだろうか。

風間《かざま》秋絵《あきえ》、と聞こえ、顔を上げた。

吊り棚のテレビに、情報番組のキャスターが映っている。

「指名手配中の風間秋絵容疑者が、今日の未明、T市テクノパークの駐車場に倒れているところを発見されました。遺書はないとのことですが、ビルの屋上から飛び降りたものとみられます。また、事故あるいはなんらかの事件に巻き込まれた可能性もあるとして、警察が捜査を続けています」

カメラが切り替わり、駐車場が映る。黄色いテープが張られているものの、警察官も見物人の姿もない。水で洗い流したのか、アスファルトの一部が濡れている。

「なお、風間容疑者とともに行動していた女性がいることから、彼女がなんらかの事情を知っているものとして、警察では行方を捜しています」

波琉子は箸を置き、右手の指先で手のひらをひっかく。感覚が薄っぺらだ。それなのに、セーターの毛羽立ちも、肌の弾力も、温かさも、風間秋絵という人間の最後の手ざわりのなにもかもが指にくっきり残っている。

風間秋絵の後ろ姿は無防備だった。

あっけなく彼女は落ちた。落ちたというより、ほんの一瞬宙に浮かんだのち、そのまま消滅したように見えた。

波琉子は右手を強く握りしめた。風間秋絵の最後の瞬間が、手のなかにある。

第一章

0 完璧な巣

一九八二年四月二十五日、友高知可子《ちかこ》は台所で薄焼き玉子を切っていた。冷やし中華は、波琉《はる》の大好物だ。円グラフを描くように錦糸玉子、ハム、きゅうりを盛りつけ、真ん中にシーチキンのマヨネーズ和えをのせるのが知可子流だ。

冷やし中華の季節にはまだ早く、しかも今日は寒い。台所の小さな窓から見える空は薄灰色で、天気予報によると午後から雨になるらしい。雨が降らないうちに帰ってくればいいけど、と知可子は思い、しかしすぐに、雨が降ったら傘を持って迎えに行けばいいだけだと思い直す。小学一年生の男の子だもの、雨が降ってもそのまま遊び続けるかもしれない。風邪をひいてこじらせでもしたら大変だ。

台所に立つと、知可子はいつも誇らしくなる。包丁を握る手や水滴のついた指、エプロンをかけた体が、望むものすべてを手に入れた女のもののように感じられ、その女とは自分のことなのだと嚙みしめる。すると、幸福な湯が体の奥から染み出してくるのだった。

自分は安上がりな女なのかもしれない、とおかしくなる。夫と息子、それだけでいい。借家ではあるが眠る場所があり、食べるものに困らず、蛇口をひねれば水が出て、心地よい湯で体を洗える。巣だ、と思う。親鳥である自分は息子を命がけで守るが、自分もまた息子に守られている。ここで家族三人身を寄せ合っていれば、怖いものなどない。もし巨大な隕石が落ちてきたとしても、自分たちは助かるという自信があった。

この絶対的な幸福感は、波琉が生まれてからだ。

それまでは気が変になるほど欲しているものがあった。心は飢えに蝕《むしば》まれ、手に入れられないことへの怒りや恨み、嘆き、絶望がめまぐるしく吹き荒れ、平穏なときなどなかった。

不育症による流産を繰り返し、狂おしいほど欲しているものをやっと手に入れられたのは、結婚八年目、知可子が三十歳のときだった。二二八六グラムの低体重児だったが、光を放つ強い瞳を見てこの子は大丈夫だと確信した。

冷やし中華の具材を準備し、波琉が帰ってから麺を茹《ゆ》でればいいだけにしておく。さっきより雲の灰色が濃くなった。家々が並ぶその向こうに連なる山は寒そうなこげ茶色で、山の方向から吹く風が木の枝をせわしなく揺らしている。

ここT市は風がやむことがない。結婚した当初は、髪の毛を乱し、目にごみを入れ、埃を舞い上げる風に苛立《いらだ》った。

あれは、波琉が幼稚園に入ったばかりのころだ。家の前で通園バスを待っているとき、波琉は目をつぶり両手を広げ、強い風を真正面から受けながら、楽しい夢をみているように笑った。いつまでもそうしている波琉に、なにしてるの？　と知可子は聞いた。風を抱っこしてるの。弾んだ声が返ってきた。その瞬間、T市の風は知可子にとって愛すべきものになった。

自分は頑固だとずっと思っていた。好きなものは好き、嫌いなものは嫌いとはっきり分かれ、入れ替わることはけっしてなかった。夫の実《みのる》とは恋愛結婚だったが、彼の好みにも影響を受けず、納豆も焼酎もジャイアンツも嫌いなままだった。

これが血を分かつことか、と知可子は自分の変化に驚く。強い風もだんごむしもキャンプも釣りも、波琉が好きなものを知可子は無条件で愛した。そうすると世界は温かな色に塗り替えられた。

やはり自分は安上がりな女なのだ。そう思い、食卓に腰かけた知可子のくちびるがゆるむ。安上がりでも、世界でいちばん幸せな女だ。望むものすべてを手に入れたのだから。

台所の窓に、短い糸のような水滴がついているのに気づいた。立ち上がって居間の窓から外をのぞくと、アスファルトはまだ濡れた色ではなく、降り出したばかりのようだった。

知可子はカーディガンをはおり外に出て、雨脚を確認してから傘をさした。冷たい風に、ぶるっと鳥肌が立つ。やはり温かいラーメンか焼きそばにすればよかったか、と考え、しかし、冷やし中華を食べたいと言ったのは波琉なのだった。冷蔵庫にある食材を思い浮かべ、もし波琉が温かいものを食べたがったら、かに玉ラーメンにしようと決めた。

波琉が遊んでいる公園は、家から歩いて三分ほどだ。アスレチック遊具と芝生の広場があり、野球とサッカーができるグラウンドを併設している。

アスレチック遊具のある広場には三人の男の子がいるだけで、グラウンドでは高学年の子がサッカーを切り上げたところだ。

ぱっと見ただけで、波琉がいないことがわかる。子供を迎えに来た顔見知りの母親と挨拶を交わし、じっとりと濡れはじめた公園を改めて見まわす。が、やはり波琉の姿はない。冷たい雨が、体の内側まで染みてきたように感じた。

「早く下りてきなさいって言ってるでしょっ」

母親が、アスレチック遊具の上にいる子供に怒鳴った。

渋々下りてきた男の子が、ケチ、とくちびるを尖《とが》らせ、母親に頭を叩かれた。波琉の同級生だ。

「波琉は一緒じゃなかった？」

知可子が訊ねると、

「帰ったよ」

と即答した。

「いつ?」

「さっき」

喉が苦くなる。

「ひとりで帰ったの? 自転車に乗って?」

「うん、そうだよ」

知可子の視界のすみにサッカーをしていた子たちが公園を出ていくところが映り、入れ違いになったんじゃないですか、と母親の声がこもって聞こえた。え、ああ、そうね、そうですよね、きっと。自分の声は水中をゆっくりと浮上するあぶくのようだった。

本降りになった雨のなか、知可子は誰もいない広場を突っ切り、公衆トイレへと向かった。駆け出したら不吉な予感が形を持ちそうで、落ち着いた足の運びを意識する。すると、つんのめりそうになり、いつのまにか早足になっていた。

グラウンドの外れに建つ公衆トイレには栃《とち》の木が覆いかぶさり、そこだけ暗く、閉ざされて見える。ふと、自分がなぜトイレに向かっているのかわからなくなり、叫び出したい衝動に駆られた。

ああ、そうか、と無理やり答えを見つける。いたずら好きなあの子のことだから、私が迎えに来ると思ってあそこに隠れているかもしれない。だから、私はトイレを探そうとしているのよ。

もしトイレにいなければ、さっきの母親が言ったとおり入れ違いになったのかもしれないし、同級生の家に上がり込んでいるのかもしれない。入れ違ったのだとしたら、家に入れなくて途方に暮れているだろう。早く確かめて、家に戻らなくては。

植え込みに囲まれたトイレは物置のようにそっけない造りで、年月による汚れが目立つ背面を知可子に向けている。

喉の苦みが強くなり、鼓動が激しくなった。

正面にまわり込み、トイレをのぞいた。白い便器と小さな手洗い場、ただそれだけ。ほうっ、と体から力が抜けたのと同時に傘を叩く雨粒の音が聞こえ出し、知可子は我に返った。

玄関の前に立っている波琉が浮かび、かわいそうに、早く帰らなくては、と急ぎ足でその場を離れる。

家に着くまでのあいだに思い出した。波琉が生まれたばかりのころ、知可子が生まれ育ったまちで男児の遺体が公衆トイレで発見される事件があった。母親が目を離したすきにいなくなり、遺体となって発見されたのは翌朝のことだった。犯人は確か捕まっていない。その記憶が、公衆トイレに不吉な予感を持たせただけだと思い当たり、知可子は安堵《あんど》した。

あの事件は、新聞やニュース番組だけでなく、ワイドショーでも大きく取り上げられた。

下半身の衣類だけが脱がされていたことと、父親があのまちでは有名なホストだったこと、そして母親がパチンコをしているあいだの出来事だったことが判明し、世間の興味をあおった。犯人への怒りと男児への同情の裏側で、両親への非難や嘲《あざけ》りが渦巻いていた。

知可子も、声にはしなかったものの母親を糾弾したうちのひとりだ。幼い子供を放ってパチンコをすることはもちろん、一瞬でも目を離したことも、いなくなったことにすぐ気づかなかったことも、もっといえば、金色に染めた髪に強いパーマをかけていることも、派手な化粧をしていることも、長く伸ばした爪に色を塗っていることも、知可子にしてみれば母親失格で、あんな母親のもとに生まれてしまったから男児は不幸な事件に巻き込まれてしまったのだと思った。お母さーん、助けて、お母さーん。想像のなかの泣き叫ぶ男児が、四、五年後の波琉と重なり、みぞおちがねじれ、苦しくなったことを覚えている。

玄関の前に波琉はいなかった。

「波琉?」

静まったはずの不吉な気配が鎌首をもたげ、灰色の影を落とす。

知可子は鍵を開けて家に入った。

台所には、冷やし中華の具材を入れた皿が置いてある。すぐに波琉が帰ってくると思い、冷蔵庫に入れなかったのだ。

途切れることのない雨音が、無音の家を四方から圧迫していく。室温が少しずつ下がっていくように感じられ、知可子は両腕を交差して自分の肩を抱いた。

どこに行ったのかしら。

声にしたつもりなのに、自分の鼓膜に届かない。

ああ、そうよ、そうだった。同級生の家に上がり込んでいるはずだって、さっき思ったじゃない。自転車で出かけたから雨がやむまで、帰りたくても帰れないでいるのよ。誰のおうちかしら。翔君《しょう》、純樹君《じゅんき》……哲平君《てっぺい》はさっき公園にいたからちがうわね。

電話をくれてもいいのに、とふいに怒りが湧いた。波琉君はうちで預かっています、とひとこと伝えてくれたらこんな心配はしなくて済むのに。まったく常識のない母親が多すぎる。そう思ったところで、自分が外出しているあいだに電話がかかってきたのかもしれないと考えつき、知可子は慌てた。子供が世話になっておきながら、お礼も言わないし迎えにも来ないと呆《あき》れられているだろう。母親失格だ、と言いふらされているかもしれない。いますぐ電話をしなくちゃ。

電話台のひきだしからクラス名簿を取り出した。目についた翔君の電話番号にかけようとした。そのとき呼出音が鳴り、知可子の心臓が跳ねた。

「ああ、びっくりした」

声にしてから受話器を上げた。

友高でございます、と告げるよりも先に、「友高さんのお宅ですか？」と男の声がした。はじめて聞く声に、知可子の背筋に緊張が走った。

「はい、そうですが」

自分の声がうわずっていることに気づき、体から空気が抜けていく感覚に襲われた。

受話器越しの男は抑揚を制御した声で、ひとつひとつ念を押すようなしゃべり方をする。知可子の本能が、一瞬のうちに男の言葉を拒絶した。電話を切りたいと思うが、体が凍りついている。男の言葉はばらばらとほどけ、薄れ、遠のき、なにを言っているのか理解できない。それなのに知可子の心臓をわしづかみにして激しく揺さぶる。やがて心臓が落下し、粉々に割れた。

早く気を失わなくては、とすがりつくように思う。

そうじゃないと、これが現実になってしまう。次に目が覚めたとき夢でよかったと思うために、早く気を失わないと。

気を失わないと。気を失わないと。気を失わないと。

知可子は夢をみ続けている。

気を失って以来、どうしても目覚めることができないのだった。

奇妙に希薄な悪夢だ。霧に覆われているかのようにすべての輪郭が曖昧《あいまい》で、永遠に続いているようでも動きを止めているようでもあった。霧は知可子のなかに流れ込み、思考も感情も麻痺させるのだった。

居間のソファに座っている。いつからこうしているのかわからない。目をつぶり、そして開く。自分のなかが空洞であることが感じられ、悪夢からまだ目覚められないのだと知らされる。

ごうっ、と風がうなり、砂粒が窓を叩く。

——風を抱っこしてるの。

波琉の声が聞こえ、知可子は慌てて立ち上がる。悪夢から抜け出せたのだ。そう思ったのは一瞬のことで、知可子の希望を打ち砕いたのは知可子自身だった。空洞からあふれ出すこの嗚咽《おえつ》。この涙。この声。思考や感情から切り離された、からっぽな体の反応。体なんてなくなってしまえばいい。いや、体がなくなれば目覚められなくなってしまう。それはなにより知可子が恐れていることだった。

気がつくと、食卓の前に腰かけていた。右手を動かし、なにかを口に入れている。前歯にスプーンが当たり、金属のやけに生々しい感触にこれが現実なのではないか、と激しい絶望がこみ上げた。目の前には、夫の実がいる。知可子を見つめ、なにかしゃべっているが、その声は知可子に届く前に霧散する。よかった、と知可子は安堵した。やはりこれは夢なのだ。目が覚めると、完璧な巣に戻れるのだ。そこには、息子がいて夫がいて自分がいる。私は安上がりな女。けれど、世界でいちばん幸せな女だ。望むものすべてを手に入れたのだから。

ときおり女の声が聞こえた。母親失格だ、と罵《ののし》っている。あんな母親だから、あの子は不幸な出来事に巻き込まれてしまったのだ。大切な子供から一瞬たりとも目を離すなんて信じられない。そうまくしたてるのを、知可子は聴覚ではない感覚で受けている。

金色に染めたちりちりの髪が浮かんだ。青いアイシャドーと真っ赤なくちびる、色を塗った長い爪、煙草のにおいがしそうなしゃがれた低い声。テレビカメラの前で涙を流しても、悲しみや恨みの言葉を放っても、しらじらしく映るだけだ。

ふと、この若い母親が自分なのではないかと不安に駆られ、知可子は両手の爪を見た。不潔に伸びているのを認め、深く爪を切ると、からっぽの体からまた涙と嗚咽があふれ出た。また気を失えばいいのだ、と思う。そうすれば次に目覚めたとき、完璧な巣に戻れるはず。

しかし、どうしてもあのときと同じ気の失い方ができないのだった。

食卓にいたはずなのに、いつのまにか布団のなかにいることに気づく。

ふと、異変を感じた。からっぽの体になにかいる。狂おしいほどなつかしく愛おしいその感覚で、知可子ははっきりと覚醒した。

波琉を身籠《みごも》っているときの感覚だ。加減のない幸福感が腹から全身に行きわたる。流産を繰り返した末に力強く宿った命が、知可子の子宮にしっかりとしがみついている。

やっと悪夢から抜け出せたのだ。

知可子は腹に手を置いた。すると、膨らんでいるはずの腹がぺしゃんこで、短い叫びが漏れた。

そこでまぶたが開いた。

布団のなかの右手は腹の上にある。腹の奥には子宮がある、と打たれたように思う。波琉が誕生し、波琉が存在し、波琉が生きた、自分のなかの場所。

隣の布団では、背中を向けた夫が寝息をたてている。

知可子は布団を出て、トイレに行った。下着におりものが付着している。右の下腹部がかすかに痛むのは排卵痛だと思い当たる。

これは波琉からのメッセージだ。悪夢の外側にある完璧な巣から、波琉が呼びかけたのだ。

なぜいままで気づかなかったのだろう。目覚めることができないのならやり直せばいいだけだ。

知可子は寝室に戻った。横向きに眠る夫を枕もとに立って見下ろす。豆電球がともる橙《だいだい》色《いろ》の薄闇のなか、ゆったりとした寝息が聞こえる。

ふ、と笑みがこぼれた。

そうよ、やり直せばいいだけよ。波琉だってそれを望んでるじゃない。やり直せばいいだけなのよ。

心のなかの自分の声がすぐ耳もとで聞こえ、からっぽの体に熱い血が流れ出すのを感じた。

知可子は立ったままパジャマのボタンをはずし、片手を自らの乳房にあてがい、もう片手をショーツのなかに入れた。指を動かし、足のあいだに子宮とつながる細い穴——母と子だけが共有できる秘密の通り道があることを確かめた。その瞬間、やり直せるという希望が、いますぐやり直さなければ、という激しい焦燥に変わった。

知可子は夫の布団に入った。

「ん、どうした？」

寝ぼけた声を出した夫の肩にしがみつき、そのまま覆いかぶさる。

「おい、どうした？」

繰り返した夫の声は覚醒していた。

知可子は露《あら》わになった乳房を押しつけ、夫の性器へと手を伸ばした。

「ねえ」

せっぱつまった息が漏れた。

「どうした、大丈夫か？」

肩をつかんだ夫の手を振り払い、離されまいと必死に体を押しつける。性器へと辿《たど》りついた手をせわしなく動かすと、やがて反応が感じられた。

「今日なの」

「え？」

「今日じゃないとだめなの。だからお願い」

夫の体に鳥肌が立ち、小さな震えが走るのを感じた。次の瞬間、夫は体を反転させ、知可子に覆いかぶさった。


T市の夏は、勢いをなくした風が行き場を探してさまよう。

湿った熱を孕《はら》んだ風が、食卓に座る知可子をねっとりと撫《な》でまわし、台所の小さな窓からそっと抜けていく。

汗がこめかみをつたい、背骨をなぞる。知可子は身じろぎをしない。くちびるの端が上がっている。視線は風にふくらむレースのカーテンに向けられているが、知可子が見つめているのは自らの子宮だった。子宮の存在をこれほど確かに感じられたのは久しぶりのことだった。

自分から夫の体を求めたあの夜、夫が果てたあと、子宮のなかで符合が起こった。着床の予感があったのだ。

その予感は一か月たったいま、確信へと変わっている。生理は十日以上遅れているし、微熱や乳房の張りなどしっくりと馴染む体の変調がある。病院へは行っていないし、夫にも告げていない。知可子と波琉だけの秘密だ。流産の不安は不思議と感じない。たくましい生命力を持った子だもの、今度もまた元気に生まれてきてくれるにちがいない。それでも安静を心がけ、最低限のことしかしていない。夫が留守がちでよかったとはじめて思う。家庭用配置薬の販売員をしている夫は、一昨日から出張中だ。

こめかみをつたった汗があご先に辿りつき、線香花火の玉のように膨らんでいく。汗の粒が落ちる直前、知可子は手の甲でぬぐった。

続いている、と感じられた。あの日で終わったわけではなかったのだ。あんなことが起こったのに、変わらずに風が吹き、朝と夜が交互に訪れ、爪や髪が伸び、排卵する。それはこういうことなのだ。

知可子の確信どおり、子宮のなかの命は根づき、育った。真夏から残暑がおさまるまでつわりがあったが、夫は気づくふうもなかった。

腹の膨らみが隠しきれなくなってきた十月、ソファに仰向けになり、壊れた笛のような風の音を聞いていた知可子は、はじめて胎動を感じた。ぽこぽことやわらかな感覚で、腸が蠕《ぜん》動《どう》しているようでもあるのだが、自分のものとはあきらかにちがう。腹に手を当てると、遠慮がちにまた、ぽこぽこした。

——風を抱っこしてるの。

波琉の声が聞こえた。

両手を広げた、頼りないのに勇ましい姿。目をつぶり、にっこりと笑っていた。幸福な光景にふいに強い影が差し、知可子のゆったりとした呼吸が止まる。

一瞬現れたのは、青白い顔だった。冷たく固まった頬と三角形に開いたくちびる、そこからのぞく紫がかった舌。

記憶の底に無理やり押し返そうとしたとき、ぽこぽこぽこ、と腹のなかで動いた。

「波琉」

そう呼びかけると、この名前をまた声にできる歓びに心が震えた。

知可子が夫に告げたのはその夜のことだった。え、と夫は声を詰まらせ、慌てたふうに知可子の腹に目をやった。

「いや、でも……」

つぶやいたきり言葉を失う。

「もうすぐ六か月になるの。ほら、気づかなかった？」

知可子はエプロンをした腹を突き出した。夕食後の食器を洗ったばかりで、膨らんだ部分が楕円に濡れている。

飲みかけのビールをテーブルに置いた夫は、途方に暮れた顔つきで知可子の腹に焦点を合わせている。

「医者はなんて」

「まだ病院に行ってないの」

「どうして」

「私、絶対に産むから」

「でも、あのとき医者に言われたじゃないか。子供はこの子で最後だって、ふたりめを産むのは無理だって」

もちろん知可子も、医者の言葉を覚えている。波琉を身籠ったとき妊娠中毒症にかかり、一時は母子ともに命を失いかけたのだった。しかし、ちがうのだ。子宮にしがみつくこの子は、ふたりめの子ではないのだ。

「波琉が戻ってきたのよ」

知可子は腹に手を添えた。添えただけのつもりが、無意識のうちに撫でさすっていた。夫の目に不安がよぎるのに気づき、笑いかける。

「大丈夫よ。私、絶対に産み直してみせるから」

「頼むよ、知可子。おまえまで失いたくないんだ」

夫は泣き出しそうな顔だ。

「なにも失わないわ。取り戻すだけなのよ」

夫を安心させようと知可子は笑みを広げたが、夫は笑い返してはこなかった。

出産予定日を三日過ぎた。

知可子の腹ははちきれそうに膨らみ、手足は曲がらないほどむくんでいる。

「私、まだ産みませんから」

病室のベッドで知可子がそう言うと、「そんなにうまくいかないよ」と温厚な老医師は笑った。

窓から入り込む春の陽射《ひざ》しが白いシーツに陽だまりをつくり、老医師の目はまぶしげに細められている。

いいえ、と知可子は首を横に振った。

「あさってです。あさって産みます。最初からそう決まってるんです」

「そうかい。じゃあ、がんばろうね」

本気にしていないのだろう、老医師は笑みを崩さない。

病室を出ていった老医師を、夫が慌てて追いかける。ベッドの上から眺める廊下は薄暗く、そのせいだろうか、そこに立つ夫は不安に包まれているように見える。それに比べて自分の上にはほら、こんなにきらきらと明るい陽射しが降り注いでいる。知可子は目を細め、くちびるにほほえみを刻んだ。

「妻は大丈夫なんでしょうか」

夫の声が聞こえた。

大丈夫に決まっているのに、と知可子は心配性の夫がおかしくてたまらない。しかし、心配するのも無理はない。夫は男だ。自らの内に命を宿したこともなければ、生まれる前の子供とつながった経験もない。

知可子はむくんだ自分の両手を眺め、腹を、足を見やる。知可子の体をすさまじく変化させた腹のなかの生命力に改めて感動する。

腹にいる子供が女児であることは、数か月前に老医師から知らされた。落胆はしなかった。知可子の子宮に子供が宿っているように、女児のなかに波琉が宿っていることに変わりはないのだから。波琉からつながる命。二日後にこの子が生まれることで、あの夜子宮で起こった符合が証明される。

私はこの子を愛するだろう。腹に手を当て知可子は思う。この子をとおしてもう一度波琉を愛することができるのだ。

二日後の三月十五日。日付が変わった瞬間、知可子は確信した。腹のなかの胎児と目が合い、強くうなずき合った感覚があった。この子も今日生まれたがっているのだ、と鮮やかに感じられ、ぞくぞくとした歓びが体を巡った。

完璧な巣、と思う。私は今日再び、完璧な巣を手に入れる。世界でいちばん幸せな女になる。

早朝、病院の公衆電話から夫に電話をかけた。

「これから産みます」

そう告げると、夫は絶句した。

受話器を置いた途端、ぱちんと弾《はじ》ける音がして破水した。

1
完璧な母親

波琉の一歳のときの誕生日プレゼントが、知可子にはどうしても思い出せなかった。もしかすると、なにもあげなかったのかもしれない。積み木と消防車のおもちゃは、どちらが先かは覚えていないが二歳と三歳のとき。四歳のときは自転車だった。五歳のときは波琉と一緒にデパートに行き、子供用ポラロイドカメラを選んだ。六歳のときはまた自転車。波琉が新しいものを欲しがったのだ。

残っているものはひとつもない。子供は波琉だけだと思っていたから、使わなくなった積み木も小さくなった自転車も壊れたポラロイドカメラも捨ててしまった。六歳のときに買った自転車は捨てた記憶はないのになくなっている。夫が処分したのかもしれないが、いまだに確かめてはいない。

七歳の誕生日プレゼントだけが抜けてしまった。しかし、新しい命をプレゼントしたのだ、といまではそう思うことができる。

八歳になる波琉の誕生日には小さな地球儀を選んだ。

一歳になる波琉子にはクマのぬいぐるみを買ってある。

「マーマ」

ローテーブルにつかまり立ちした波琉子が、あまやかな声をあげた。おむつで膨らんだ尻を機嫌よく振りながら、知可子にまっすぐな笑顔を向けている。

「はあい、ママですよ。なんですか？　はるちゃん」

洗濯物をたたむ手を止め、知可子は娘をのぞき込んだ。小さなくちびるの端によだれをきらめかせている。

「マーマ」

「はあい、ママですよ」

波琉子の最初の言葉は「ママ」だった。十か月を過ぎたころだった。波琉がはじめてしゃべったのも「ママ」だった。ママではなくマンマかもしれないと思ったのも、それでも母親の自分を呼ぶ言葉だと強引に解釈したのも同じだ。

ベランダの大きな窓から入り込むやわらかな陽射しが、波琉子のまつ毛の先に金色の粉をふりかけている。透明感のある黒い瞳は、その純粋な力で光をはね返すかのように輝いている。

波琉と同じ目だ。そう感じるたび、知可子は何度でも胸を突かれた。知可子には、波琉子の瞳の奥にいる波琉が見えるのだった。波琉子が笑えば波琉も笑い、波琉子が泣けば波琉も泣く。しかし、ほんとうはそうではなく、波琉が波琉子を笑わせたり泣かせたりしているように映った。

波琉子は母親の顔を愉快げに眺め、尻を上下に弾ませながらきゃっきゃと笑い声をあげている。杏《あんず》のような頬が幸福の象徴に見え、望むものすべてをまた手に入れた、と知可子は自分に言い聞かせた。

娘が生まれてまもなく、友高家はT市を離れた。それに伴い、夫の実は職を変え、配置薬販売員から事務機器メーカーの営業になった。

このまちに風は吹かない。マンションの三階から見える山は遠く、霞みがかっている。空の色は薄く、陽光は穏やかで、風景が間延びして感じられるのは、風が吹かないからだろうか。

波琉子の一歳の、波琉の八歳の誕生日を、今日迎えた。

一年前のあの日、日付が変わった瞬間の感覚は、知可子のなかにありありと刻まれている。必ず今日生まれてくると改めて確信したが、そんなことはとうに知っていることでもあった。夫に電話をかけた四時間後、波琉子が生まれた。激しい痛みが愛おしかった。大きな力が与えてくれた祝福だった。誕生した子供は、知可子に望むものすべてを再び授けてくれた。産声をあげる子供を見つめ、この子は大丈夫、と知可子は心底から信じられた。

この一年間、すこやかに育つ波琉子のなかで、波琉もまた時間を取り戻した。

ただ、ときおり知可子を苦しめたのは、金髪の女だった。縮れた金髪を肩に垂らした爪の長い女がどこからともなく知可子の頭に忍び込み、居座った。母親失格だ、と罵る声が聞こえ、しかしその声は金髪の女ではなく、知可子自身が発しているのだった。女にこの体を乗っ取られるのではないかと恐怖し、不安と混乱がなみなみと水位を上げたとき、知可子は娘の黒い瞳を見つめ、その奥の波琉の存在を確かめた。そして短く切り揃えた自分の爪に視線を落とし、世界でいちばん幸せな女だ、とときに声に出し、ときに心のなかでつぶやくのだった。

誕生日の夜、夫が帰宅したのは八時過ぎだった。

お祝いの準備はできていた。ローテーブルには、スポンジから焼いたいちごのケーキ、ひと口ハンバーグとオムライスとフルーツサラダを盛りつけた波琉子のプレート、夫のための刺身と鶏の唐揚げ、のり巻きと冷やし中華がのっている。

「お、豪華だな」

ネクタイをゆるめながらテーブルに向けた夫の目が、ケーキの上で止まる。なにか言いたげにくちびるが動いたが、言葉を発することはせず、寝室に入りスウェットの上下に着替えてきた。

夫がローテーブルの前にあぐらをかくのを待って、知可子はケーキのろうそくに火をつけ、部屋の照明を消した。おー、と波琉子が驚いた声をあげる。

ろうそくは八本ある。身震いするような八つの炎の揺れが、自分の顔に光と影をちらつかせ、潤んだ瞳を膨らませたり小さくさせたりするのを知可子は感じた。

「……なあ」

夫のとまどった声が聞こえたが、知可子は、ハーピバースデートゥーユー、と歌い出した。腕のなかの波琉子が、あーい、あーい、と楽しそうに声を合わせ、夫は手拍子をはじめた。

ハーピ、バースデー、ディア、はーるちゃーん。

永遠にこの瞬間が続けばいい、と願いながらも、成長していくさまが待ち遠しくもあった。息子の誕生日をまた祝えたことに、知可子の瞳から温かな涙があふれ出す。

知可子がろうそくに息を吹きかけると、波琉子も真似て、ふう、と口を尖らせた。

「波琉、波琉子、お誕生日おめでとう」

知可子が言ったとき、部屋の照明がついた。

「さあ、もういいだろ？　食べよう食べよう」

夫の声は暗闇の余韻を振り払おうとするかのように不自然に明るかった。

知可子がふたつのプレゼントを差し出すと、波琉子は、ばーぶ、ぶぶぶ、とあぶくの混じった声を発しながら、包装紙に両手をかけた。緑色のリボンがついた包みからは小さな地球儀が出てきた。赤いリボンのほうからは、クマのぬいぐるみ。波琉子は床にぺたりと座り、地球儀をまわしはじめた。

「波琉」

無意識のうちに呼びかけていた。

地球儀をまわす手を止め、波琉子が顔を上げる。

「ねえ、波琉。嬉しい？　地球儀、欲しかったでしょう？」

波琉子はどこか不思議そうに母親を見つめ、やがて「マーマ」と笑顔を弾けさせた。

知可子は波琉子を抱き寄せた。痛いのか驚いたのか波琉子が泣き出したが、「波琉、波琉」と湿った声を止めることができない。

「ねえ、はるちゃん。一歳のときの誕生日プレゼント、なんだったかしら。覚えてない？」

その問いに答える者はいなかったが、知可子は幸福だった。自分の声が届いていると感じられた。血のつながりはすごいと思う。ただ、わかるのだ。通じ合えるのだ。一年前の今日、三月十五日に日付が変わった瞬間、腹のなかの胎児と目が合い、強くうなずき合ったように。現実を超えた場所で、五感より確かな感覚で、いちばん大切な者とつながることができる。

もうすぐ波琉子の六歳の誕生日がやってくる。

波琉は三歳ごろまでよく高熱を出したが、波琉子は手のかからない子だった。母親を不安にさせることなくすくすくと成長し、ぐずることも泣くことも少なく、癇癪《かんしゃく》を起こすこともなかった。そのさまは、まるで七つ上の兄にたしなめられ教えられながら育っているようだった。

「はるちゃんのなかには、お兄ちゃんがいるのよ」

スーパーからの帰り、春めいた陽射しのなかで知可子は言った。

「うん、知ってるよ」

「お兄ちゃんがいるから、はるちゃんがいるのよ」

「お兄ちゃんがいなかったら、はるちゃんもいなかったんだよね？」

波琉子は母親の言葉を引き継ぎ、顔を上げて笑いかける。

「そうよ、そうなのよ」

知可子がつないだ手を大きく振ると、波琉子はスキップをはじめた。

ゆるやかな坂を上るとつきあたりに、夫が言うところの税金対策のための畑が広がり、その奥に黒い瓦屋根の屋敷が建っている。知可子たちが暮らすマンションは、畑の手前を右に曲がった場所にある。エレベータのない四階建てだ。

正面から土のにおいがする風が吹いた。

「風」と波琉子は弾む声を出し、つないだ手をぱっと離した。目をつぶり、両手を広げ、風、風、と笑いながら、くるくるとまわり出す。

「なにしてるの？」

知っているのに訊ねずにはいられない。

「風を抱っこしてるの」

くるくるまわりながら波琉子が楽しそうに答える。

このまちは、あまり風が吹かない。それでもときおり、自然と目が細まるほどの風が吹きつけ、そのたびに波琉子は「風っ」とはしゃぎ、両手を広げてまわり出すのだった。「なにしてるの？」と知可子が聞き、「風を抱っこしてるの」と波琉子が答えるのもいつものことだ。

波琉子をとおしてはじめて波琉の声を聞いたときのことを、知可子は何度でも鮮明に思い出す。

あれは波琉子が三歳になったばかりのころだった。ちょうどこの坂をいまとは逆に下っているとき、このまちはあまり風が吹かなくてつまらないでしょう、と二、三歩前を飛び跳ねる幼い後ろ姿に聞いた。振り返った波琉子は、ううん、と答えた。つまらなくないよ。

だってはるちゃん、風を抱っこするのが好きだったじゃない。

そう言って知可子は、ほらこうやって、と両手を広げ、目を閉じた。

うん、好き！

その声に、知可子ははっと目を開けた。

鼓膜を震わせたいまの声は波琉のものだと確信した。

三歳になったばかりの娘は、目をつぶり、両手を広げている。かん高い笑い声をあげながら、やがてその場でぎこちなくまわりはじめた。

なにしてるの？　そう聞かずにはいられなかった。

風を抱っこしてるの。

思ったとおりの言葉が返ってきた。

しゃがみ込んだ知可子は、波琉、波琉、と愛しい子供の名前を呼び続けた。

お母さん？　と小さな手が頭にふれた。

波琉子はまだ、お母さん、ときちんと発音できない。それなのに、そっと手渡されたその声は明瞭だった。

ほんとうにいるの？　そこにいるの？

知可子は、子供を強く抱き寄せた。

うん、ここにいるよ。

揺るぎない声に、知可子の震えが一瞬止まった。

助けてあげられなくてごめんね。今度は絶対に守るからね。

そう告げると、震えが激しさを増して戻ってきた。

はるちゃんはお母さんのことが好き？

一日に何度も口にするその問いを、知可子は声に上らせた。

うん、大好き。

お母さんは、いいお母さん？

うん、いいお母さん。

目の前の子供と知可子だけを切り抜き、風景が遠のいていった。あのとき、現実の外側にある母子だけの世界で、知可子と波琉は確かに言葉を交わしたのだった。

そのときのことを思い出し、知可子は「そうよね、はるちゃん」と笑いかけた。

「なあに？」

波琉子が無邪気に聞き返す。

「ううん、なんでもないのよ」

知可子がつないだ手を揺らすと、波琉子は笑いながらさらに大きく揺らし返した。

マンションの前には、引越業者のトラックが停まっていた。作業着の男がふたり、ベッドを運び入れるところだ。

「あ、すみません。ご迷惑をおかけします」

作業員のひとりが陽に焼けた顔を知可子に向けた。

「何階ですか？」

知可子は訊ねた。

「三階です。えーと、三〇二号室ですね」

知可子たちの隣の部屋だ。この半年間、空き室のままだったのだ。

ベッドを運ぶ作業員の後ろから、知可子と波琉子は階段を上った。

「お引っ越し？」

波琉子が訊ねる。

「そう。お隣にね、新しい人たちが来たんですって。ちゃんとご挨拶しようね、はるちゃん」

「はーい」

二階と三階のあいだの踊り場の蛍光灯が不規則な点滅を繰り返している。大家に言わなくちゃ、と知可子は思う。階段には小さな窓しかなく、蛍光灯が消えたら昼間でも薄暗く物騒だ。

三〇二号室のドアは開かれ、養生シートが貼ってある。ベッドが運び込まれるのを視界のすみで見届けながら、知可子は玄関の鍵を取り出した。

あ、と波琉子が小さく声を出し、知可子の袖を引っ張った。隣のドアから人が出てきたところだった。

あ、と知可子からも声が漏れた。正体のわからないものがぶつかってきた感覚に、くらりとなった。まず金色の髪が目に飛び込んできた。次に、くたびれたグレーのトレーナー。

金髪の女は胸の前で両腕を組み、階段にぼうっと視線を投げている。二十代の後半だろうか、傷んだ毛先にパーマが残り、化粧っけのないあさ黒い顔は不健康そうで、厚ぼったいまぶたが小さな目に覆いかぶさっている。

――母親失格。

自分の声が頭のなかでした。

知可子は女の指先に目をやり、長い爪と剝《は》がれかけた赤い色を認めた。

袖を引っ張る力に視線を転じると、波琉子が咎《とが》める目を向けていた。ちゃんとご挨拶しようね、と言ったばかりの母親がいつまでも黙ったままでいるからだろう。

ふたりの作業員に続いて、開いたドアから男児が転がるように現れた。波琉子よりひとつふたつ下、四、五歳だろう。男児と波琉子の目が合うのが、見なくても感じられた。

知可子がとっさに波琉子を抱きしめたのは、母親の本能からだった。陰気くさい男児の目に波琉子を晒《さら》すのが耐えられなかった。

「こんにちは」

波琉子を抱えながらようやく声にした。

金髪の女がのろりと視線を動かすまで、二、三秒かかった。

「どーも」

夜の女が昼に出すような声だった。

男児が、作業員の後ろから階段を下りていった。点滅する蛍光灯の音が、プチ、プチプチン、と聞こえてくる。

「こんにちは」

知可子の袖をつかんだまま、波琉子が緊張した声を発した。

女は無言で、こくん、とうなずいただけだった。

守らなくては、と知可子は思った。この女から子供を守らなくては。

どうしてそう感じるのかはわからなくても、自分の決意が正しいことだけはわかる。

女が部屋のなかに消えるまで、知可子は子供の肩を抱いたまま目をそらさなかった。

誕生日の夜、「なにももらわなかったよ」と、波琉子はきっぱりと告げた。

十三歳になった波琉にポータブルラジオを、六歳になった波琉子にはクマのぬいぐるみをプレゼントし、

「一歳のときのプレゼントはなんだったのかしら。あげたのかしら、あげなかったのかしら。どうしても思い出せないのよ」

と、毎年の科白《せりふ》を知可子が口にしたときだった。

「ほんと？　ほんとになにもあげなかった？」

知可子は身をのり出した。

「うん、もらわなかったって」

波琉子は、ケーキの上の炎が消えたろうそくを見つめながら答えた。

「波琉が言ってるの？」

「そうだよ。それからね、ラジオをもらってすごく嬉しいって。こういうのが欲しかったんだって。お母さんありがとう、って言ってるよ」

「おい、波琉子？」

不安げな声を出した夫を、知可子は片手で制した。

「あとは？　あとはなんて言ってるの？」

「お母さん大好き、って。お母さんはいいお母さん、って」

「それから？」

それから、と復唱した波琉子の瞳がわずかに揺らいだ。

「また来年ね、って」

そう答えたとき、夫がパンパンと大きく手を叩き、「さあ、食べよう。おいしそうだなあ」と大きな声を出した。

ローテーブルには、十三本のろうそくを立てた手づくりのケーキ、鶏の唐揚げ、海老フライ、ポテトサラダ、寿司、いちご、そしてシーチキンのマヨネーズ和えがのった冷やし中華。

「ほら、冷やし中華好きでしょ。たくさん食べなさい」

知可子は涙で濡れた顔をぬぐい、波琉子の取り皿に冷やし中華を取り分けた。

「無理やり食べさせることないだろう」

夫が珍しくきつめの声で言い、波琉子を見て口調を変えた。

「波琉子、好きなものを食べなさい。波琉子はこのなかでなにがいちばん好きなのかな。お父さんは鶏の唐揚げだな。波琉子は海老フライかな？　それともいちごかな？」

「冷やし中華」

波琉子は真顔で答えた。

「え？」

「冷やし中華がいちばん好き」

不意打ちを食らったような夫を眺め、子供を宿したことのない男親はそんなこともわからないのか、と知可子は呆れた。

もうやめないか、と夫が言い出したのは、波琉子が眠ってからだった。ローテーブルの上には、缶ビールと鶏の唐揚げだけが残っている。ソファに座った夫はぬるくなったビールに口をつけ、

「七年もたったんだからさ」

と続けた。

「どういうこと？　なにをやめるの？」

夫の言っている意味が知可子にはまるで理解できなかった。

「さっきのあれだよ」

手のなかの缶ビールを見つめ、夫はぽつりと言う。

「さっきの、あれ？」

「波琉子だよ。さっき波琉子があんなことを言い出したのは、お母さんに気をつかってだぞ。そのくらいはもちろんわかってるよな？」

わかってる？　と聞きたいのはこっちのほうだ、と知可子は思う。波琉子のなかに波琉がいるのがわかってるの？　波琉子から波琉の言葉が聞けるのがわかってるの？　あの子たちはふたりでひとりだとわかってるの？

無理なのかもしれないと思う。しょせん男親は五感でしか子供とふれあうことができないのだから。

「波琉子は演技をしてるってことだよ。冷やし中華だって毎年無理やり食べさせてるけど、ほんとは波琉子、好きじゃないぞ。見ててわからないのか？」

「なに言ってるの？　はるちゃんは冷やし中華が大好きよ」

あまりにもとんちんかんな夫に、知可子は笑い出したくなる。

「なあ、ほんとうはおまえだってわかってるんだろう？」

「なんのこと？　ねえ、さっきからなに言ってるの？」

このごろ、夫に違和感を覚えることが多い。夫婦なのにちがうものが見えているような、ちがう風景のなかにいるような、そんな感じだ。

しかし、ちょうどいい機会かもしれないと考え直し、知可子は夫に報告することにした。

「前から言おうと思ってたんだけど、四月二十五日が過ぎるまで、はるちゃんを小学校に行かせるのはやめようと思うの」

「え？」

「ううん、もちろん入学式には出席するわよ。でも、私の目の届かないところにあの子をやるのが心配なの」

「ちょっと待て」

「当然のことよね。あなただって四月二十五日が来るのが怖いでしょう。またあの子になにかあるんじゃないかって不安でしょう。今度こそなにがあってもあの子を守るわ」

いつのまにか夫はうつむき、まるで蟻が次々と巣に入っていくさまを見つめているようなまなざしだった。夫がうめくような声を漏らし、え？　と知可子は首をかしげた。

「……俺だって苦しかったんだ」

やがて夫はつぶやいた。

「知ってるわ」

「だからもうやめないか」

「なにをよ」

「残念だけど、波琉はもういないんだ。もちろん波琉子のなかにもいない。波琉は波琉で、波琉子は波琉子。兄妹だけど、ちがう人間だ。そうだろ？　このままじゃ波琉子がかわいそうだと思わないか？」

知可子には見えない蟻を見つめながら夫は言った。言い終わっても顔を上げない。

「じゃあ、どうして波琉と波琉子は同じ日に生まれてきたと思うの？　ただの偶然だと思うの？　そんな偶然あるわけないじゃない。私には、あの子が生まれる前からわかっていたわ。でもね、あなたがわからないのは仕方がないとあきらめていた。だってあなた、男だもの。あの子を産んでいないもの。ほんとうの意味で、血を分けてはいないもの。だからお願い。私の思うとおりにさせて。四月二十五日を過ぎるまで、はるちゃんから目を離したくないの」

知可子が言い終えると、静けさが四方から押し寄せてきた。幹線道路から離れているため、車の走り抜ける音さえ聞こえてこない。それにしても静かすぎる。

「ねえ、変だと思わない？」

声をひそめて話しかけると、夫はようやく目を上げた。

「なにがだ？」

「お隣よ。いつも静かすぎると思わない？　物音がひとつも聞こえてこないなんておかしいわよ」

「おかしくはないだろう、一応鉄筋なんだから」

「だって、引っ越してきた日に見かけただけなのよ。挨拶にも来ないし、表札も出てないから名前さえわからないのよ。マンションのほかの人にも聞いてみたけど、誰も見たことがないって言うし。なんだか気味が悪いわ」

だからいますぐにでも引っ越したいのだった。あの金髪の女と陰気くさい男児から波琉子を遠ざけたかった。しかし、経済的余裕がないことは十分知っていた。

「その話はもう何度も聞いたよ」

夫はそっけなく言い、リモコンに手を伸ばしてテレビをつけた。

「小さな男の子がいるのよ。たぶんはるちゃんよりひとつかふたつ下。それなのに声もしなければ、遊んでる姿を見かけたこともないのよ」

夫は返事もせずに、親指を動かしテレビのボリュームを上げる。

やはり男親にはわからないのだ、と知可子は心のなかでため息をついた。すると、母親であることの優越感がわずかばかりこみ上げた。

2
不在の女

隣人の名字が「蔓井《つるい》」だと判明したのは、入居から四か月がたった七月のことだった。日曜日の午前、波琉子を連れて買い物に行こうと部屋を出ると、三〇二号室の前に青いユニフォームを着た宅配便の配達員が立っていた。インターホンを鳴らすのを見て、あの女がドアから出てくるのだと知可子は緊張した。引っ越しの日以来、いまだかつて隣人を見かけたことはなかった。

配達員はノックをし、「ツルイさーん」と呼びかけた。片手に小さな段ボールを抱えている。

「ここにツルイさんって人住んでますよね？」

急に話しかけられ、知可子は首をかしげた。

「ツルイさんというんですか？」

かかわりたくないのに聞いていた。

「そうなんですよ。ツルイアケミさん。ほら」

と、帽子を目深にかぶった配達員は知可子の前に段ボールを差し出した。住所の下に〈蔓井朱実様〉とある。

「いつ来てもいないんですよね。見かけたことあります？」

「いえ」

荷物を預かるよう頼まれないために そっけなく答え、波琉子の手を引いて階段を下りた。

三〇二号室の住人のことはマンションでも噂になっていた。

築二十五年の四階建てのマンションはワンフロアに四部屋あり、間取りはすべて1LDKだが、単身者より家族世帯や夫婦世帯が多い。三〇二号室がおかしい、と最初に声をあげたのは一〇一号室でひとり暮らしをしている大野《おおの》初美《はつみ》だった。七十歳の彼女はこのマンションが建ったときからの住人で、いつも玄関や階段や廊下、ごみ捨て場など共用スペースの掃除をしているため、入居当初は管理人だとばかり思っていたが、彼女が勝手にやっているだけのことだった。

「あんたんとこのお隣さん、おかしくない？」と、マンションの玄関で大野初美が声をかけてきたのは、三〇二号室の住人が越してきてから二か月がたとうとしているころだった。

「そうなんですよ」誰かと共感したかった知可子は即答し、「人のいる気配がしないんです」と続けた。

「やっぱりそうかい。ピンポン鳴らしても出てこないし、電気がついてるのを見たことないんだよ。死んでんじゃないの？」

大野初美が言ったことは、知可子も想像していたことだった。

「親子で餓死とか無理心中とかさ」と彼女は続けたが、知可子の想像のなかに金髪の母親の遺体はなく、首を絞められた男児が横たわっているだけだった。

「もしマンションでそんなことがあったら家賃も安くなるかもね」と笑った大野初美はその数日後、大家に問い合わせた。大家はプライバシーにかかわることだからと詳しいことは言わなかったものの、三〇二号室の住人は長期不在にしているだけだと説明したという。

知可子は階段を下りながら、三〇二号室の住人の名前が判明したことを大野初美に伝えたほうがいいだろうかと考えた。このマンションで暮らす以上、彼女を味方につけたほうがいい。煩わしくはあるが、なにかと守ってくれるだろう。蔓井朱実、と気がつくと舌の上で転がしていた。

「お母さん」

波琉子に呼ばれたとき、知可子は右側に広がる畑を気にしていた。税金対策だから収穫に興味はないのだろう、育ちすぎたキャベツから波琉子の背丈ほどの高さの茎が伸び、黄色い花を咲かせている。

「お兄ちゃんがいるから、はるちゃんがいるんだよね？」

波琉子は黒い瞳でまっすぐ見上げている。鼻の頭に汗の粒が浮いていた。

女の子は男親に似るというのはほんとうなのかもしれない、と最近、知可子はよく思う。特に、二重の下がりぎみの目や丸みのある鼻、すこやかな黒髪は、夫の遺伝子を強く受け継いでいる。

「そうよ。お兄ちゃんがいるから、はるちゃんがいるのよ」

そう答えたが、波琉子はそれきり黙っている。どうしたの？　とのぞき込んでも、生真面目な顔を崩さない。

波琉子が学校に馴染めていないようだと、担任から聞かされている。友達と遊ぶことができず、ひとりでじっとしているらしい。元来の引っ込み思案な性格に加え、早生まれなことと保育園や幼稚園に行かなかったこと、そして入学後一か月間休んだことが影響しているのではないか、というのがベテランの女教諭の推察だった。急を要することではないので焦らずに長い目で見守っていきましょう、と。

右側に畑が続く道を左に曲がり、知可子と波琉子は手をつないでゆるやかな坂を下っていく。空は薄い雲で覆われ、風がなく蒸し暑い。波琉子の麦わら帽子の黄色いリボンは垂れ下がったままだ。

「お母さん」

波琉子が再び口を開いた。

「なあに？　はるちゃん」

「お兄ちゃんがいなかったら、はるちゃんはどうなってたの？」

「え？」

「お兄ちゃんがいなかったら、はるちゃんは生まれてなかったの？　お母さんの子供じゃなかったの？」

波琉子は黒い瞳で答えを求めた。麦わら帽子のあいだから汗が幾筋も流れている。

そうね、と知可子はなんとか声を出した。

「そうなの？」

と、波琉子は母親の頼りないつぶやきを拾う。

「あ、ううん、そうじゃなくて」

「そうじゃないの？」

鼻やくちびるや髪が波琉の風貌《ふうぼう》からどんどん離れていっても、黒い瞳の輝きだけは変わらない。その奥に、波琉が確かにいるからだ。

そうよ、と知可子はうわずった声で言っていた。

「お兄ちゃんがいるから、はるちゃんはお母さんの子供に生まれてきたの。お兄ちゃんがいるから、いま、はるちゃんはここにいるのよ」

そう答えないと、自分の信じてきたものが壊れてしまう気がした。

波琉子は黙ったまま母親からゆっくり視線を引き剝がし、前に向き直ると、なにごともなかったかのように足を進めた。その四、五秒のあいだの所作が妙に大人びて見え、知可子は自分が試されたように感じた。

　スーパーの入口には地元産の野菜が並べられ、知可子はそのなかから、トマト、なす、きゅうりを選んだ。絹ごし豆腐をかごに入れ、三人分が入った中華麵を手に取った。ふたり分のがあればいいのに、と思う。出張中の夫は、月曜日の夜にならないと帰ってこない。

「今日のお昼は冷やし中華にする？」

　うんっ、と無邪気な反応を無意識のうちに想像していた知可子だったが、返ってきたのは「なんでもいい」という平らな声だった。

「どうしたの？」思わず聞いた。「はるちゃん、冷やし中華、大好きじゃない。シーチキンをたくさんのせてあげるわよ」

　波琉子は、手に取ったかにかまぼこをじっと見つめながら「うん、冷やし中華大好きだよ」とつぶやき、かにかまぼこを陳列棚に戻すと走っていった。

「あ、待って。危ないからひとりで行っちゃだめ」

　知可子は小走りに追いかける。

　小学校に通うようになって波琉子は変わった。知可子の見えない場所で、知可子の知らない植物がひっそりと発芽したように感じられた。波琉は太陽に向かってぐんぐん伸びていく向日葵《ひまわり》のような子だったが、波琉子からは花をつけない日陰の植物の気配がする。

担任の言葉を思い出し、慣れない環境による一過性のものだったらいいけれど、と知可子は祈るように思う。

波琉子は菓子売り場にいた。こぶしをつくった両手をももにぴたりとつけ、駄菓子コーナーを眺めている。

「お菓子が食べたいの？」

知可子が声をかけると、首を横に振った。

「帰ったら、ゼリーつくってあげようか？」

また首を振る。

「じゃあ、フルーツポンチは？　あ、クッキー焼いてあげようか？　それともパウンドケーキ？」

知可子が差し出した手を、波琉子がそっと握りしめる。たったそれだけのことで、生まれたての幸福感がじわりと胸に染みわたった。

手をつないでレジに向かうと、「波琉子ちゃん」と後ろから幼い声がかかった。

一緒にいる母親に見覚えがあった。小学校の説明会や保護者会で何度か顔を合わせているが、名前までは覚えていない。それは相手も同じらしく、「こんにちは」「暑いですね」と笑顔を張りつけ、あたりさわりのない挨拶を交わしただけだった。

「波琉子ちゃんはなに買ってもらったの？」

陽に焼けた太った女の子が、知可子のかごを遠慮なくのぞき込む。波琉子は答えない。

「私はラムネとチートス」

自慢げに続けた女の子に、よかったわねえ、と波琉子の代わりに答えながら、知可子は母親が持つかごをさりげなくチェックした。かごからあふれそうな商品のなかに、インスタントラーメン、菓子パン、スナック菓子、レトルトカレーを認め、優越感を覚える。

「うちに帰ったらフルーツポンチかパウンドケーキをつくろうねって、はるちゃんと言ってたところなのよ」

ね、と同意を求めると、波琉子はかしこまってうなずいた。

スーパーからの帰り道、知可子はいつにも増して波琉子に話しかけた。さっきの子はなんていう名前だったかしら？　学校でも仲良しなの？　休み時間はなにして遊ぶの？　いちばん楽しいお勉強は？　いちばんむずかしいお勉強は？

なぜか胸がざわつき、そう感じる自分に不安を覚えた。

マンションの前では、大野初美が植え込みにホースで水をかけていた。知可子に気づくと水を止め、毎日暑いわねえ、とお決まりの科白を口にした。

「あんたんとこのお隣さん、蔓井朱実っていうんだってよ。さっき宅配便の人から聞いたわよ。見かけたことないって教えてあげたらうんざりした顔してたわよ。こう暑いと、ああいう仕事も大変ねえ」

ほんとですねえ、と知可子は相づちを打つ。

階段を上っている途中だった。

「お兄ちゃんがいなかったら、はるちゃんもいなかったんだよね？」

波琉子が急に口を開き、知可子の足が止まった。

そうよ、さっきもそう言ったでしょ、と笑いかけようと頭では思うのに、脳からの指令は麻痺している。

「どうして同じことを聞くの？」

思わず口をついた声が硬いことに気づき、胸のざわつきが激しくなった。

「ねえ、お母さん。ほんとにそうなの？　お兄ちゃんがいなかったら、ほんとにはるちゃんもいなかったの？」

まっすぐ見上げてくる娘から知可子は顔をそらした。「そうよ」と短く答え、つないだ手に力を入れて階段を上りはじめる。

「お兄ちゃんがいなかったらはるちゃんもいなかったの」

胸のざわつきを追い払うため、知可子は前を向いたままひと息で告げた。

隣人を見たのは、十月に入ってからだった。

ベランダに洗濯物を干した知可子は、遠くの山から真下の駐車場へとなにげなく視線を転じた。そこに男児の姿を認めた。軽自動車と塀のあいだで膝を抱えているが、かくれんぼをしているふうでもなければひとり遊びをしているふうでもない。ただ、所在なげに座っている。生きていた。そう思ったら重みのある息が漏れた。これほどまで安堵する自分が意外だった。駐車場を見まわしたが、母親の姿はない。小さな子供をあんなところにひとりにして、いったいなにをしているのだろう。部屋にいるのか、買い物か仕事に出かけているのか、それともパチンコでもしているのだろうか。

ふと、はじめて見たときの男児の陰気くさい目つきを思い出し、安堵した自分を後悔した。

知可子は部屋に入り、ベランダの窓を閉めた。隣室に聴覚を集中させるが物音はせず、わずかな躊躇《ちゅうちょ》のち壁に耳を当てた。しばらくのあいだそうしていたが、やはり留守を思わせる静けさだった。

掃除をしているあいだも、駐車場に座った男児が頭から離れなかった。他人の子供を気にかけている場合ではない、と自分に言い聞かせる。

明日は、波琉子の遠足だ。行き先の森林公園には野鳥が訪れる池がある。

行き先を変えてほしい、と知可子は担任に直訴した。小学一年生の子供にとって池は危険ではないのか、子供の安全を守れると言いきれるのか、と。担任は知可子の言い分を黙って聞いたのち、波琉子が学校に馴染めずにいるのは母親の過保護が影響していると遠まわしに告げたのだった。

軽蔑《けいべつ》と憐《あわ》れみは感じたものの腹は立たなかった。五十過ぎの女教諭は独身だ。母親ではない女に理解も想像もできるはずがない。経験した者でなければ、子供を失う恐怖は絵空事にしか感じられないのだ。

知可子は食卓に座り、チラシの裏に思いつくまま弁当のメニューを書いていく。鶏の唐揚げ、玉子焼き、ウインナー、ハンバーグ、ハムとポテトのサラダ、プチトマト、フルーツ。おにぎりは、ひとつはケチャップライスを薄焼き玉子で包み、もうひとつはシーチキンのマヨネーズ和えにしようと決めた。冷蔵庫を確認し、スーパーで買うものを書き連ねていく。

二時少し前に波琉子を小学校まで迎えに行き、その帰りにスーパーで買い物をするつもりだ。うどんで昼食を済ませ、知可子はベランダに出た。

男児はまだ同じ場所に座っていた。真上に位置した太陽がさっきまであった塀の影をしまい込み、男児は白っぽい陽光に晒されている。あれから三時間近くたっているのに、まるで捨てられた人形のようだ。死んでいるのではないだろうか、と突如思いつく。母親に殺され、遺棄されたのではないか。

知可子の内に、雨の公園が広がっていく。あのときの喉の苦みと激しい鼓動、そして形を持たない不吉な予感。

知可子は部屋を出て、階段を駆け下りた。あの日とはちがう晴れわたった空だ。

男児の正面に立ち、声をかける。

「どうしたの？」

男児がのろりと顔を上げ、知可子はほっと息をついた。

子供らしさのない生気の抜け落ちた表情だ。知可子を見ているのか、知可子を透かした背後を見ているのか判断できない。細い目と厚ぼったいくちびる。四、五歳なのに小鼻から口の端にかけてほうれい線に似た線がある。母親そっくりだ、と思った途端、嫌悪感に皮膚がざわめいた。

「こんなところでなにしてるの？　お母さんはどうしたの？」

反応しない男児に、母親同様ちょっと鈍いのだろうか、と考えた。成長が遅いのか、性格に問題があるのか、それとも障害を持っているのだろうか。

子供に罪はない、と知可子はのみ込むように思う。どんな親のもとに生まれてくるかで子供の運命が決められるのだ。

男児が長い息を吐いた。

え？　と知可子は身をかがめたが、男児と同じ目線まで低くなることはためらわれた。おなかすいた、と聞こえたが無視し、

「お母さんは？」再び訊ねた。「お母さんはおうちにいるの？」

男児はかすかに首を横に振る。

「おうちにいないの？」

今度は小さくうなずいた。

「どこにいるの？」

反応はない。

この子をどうするべきか決めあぐね、声をかけてしまったことを後悔し、声をかけさせた男児に、なによりその母親に腹立たしさを覚えた。

目の前の男児を改めて見下ろす。

青と白の縞模様のトレーナーに緑色のズボン、十月なのに素足に子供用サンダルを履いている。くるぶしが黒ずんでいるのは痣《あざ》なのか、それとも汚れによるものだろうか。ふと、ト

レーナーをめくり、ズボンを下ろし、体に傷や痣がないか確認したい衝動に駆られた。

ちょっと待っててね、と言い残し、知可子はマンションに戻り、三〇二号室のインターホンを立て続けに鳴らした。応答はない。自室に入ってパウンドケーキとバナナをエプロンのポケットに入れ、冷蔵庫からヤクルトを出した。

駐車場に戻り、食べる？　とパウンドケーキを差し出した。受け取った男児はラップごと食べようとし、知可子を慌てさせた。パウンドケーキを貪《むさぼ》り食った男児は、知可子の手にあるバナナに引き寄せられるように立ち上がった。緑色のズボンからパウンドケーキのかけらがアスファルトにぱらぱらとこぼれ落ち、それに気づきもしない男児の鈍感さに、知可子は自分の善意を踏みにじられた気になった。

「あっ」

体当たりされ、知可子はよろめいた。

男児はバナナとヤクルトをひったくると、駐車場から走り去った。

知可子の胸に不快さが煙のように立ち込め、吐き出すために口を開く。

「母親失格」

自分から漏れたつぶやきは、頭のなかで聞こえる女の声そのものだった。

「母親失格だわ」

その声が自分にではなく金髪の女に向けられたものだと確かめたくて、知可子はつぶやきを繰り返す。

「母親のせいであんな子供になるのよ。かわいそうに」

翌朝、夫を送り出した知可子はいつものように波琉子と一緒にうちを出た。ピンク色のリュックサックを背負った波琉子は、はじめての遠足に緊張した様子だ。

「大丈夫よ」

手をつないで階段を下りながら知可子は笑いかける。

「困ったことがあったらお母さんが助けてあげるから。ね？」

なかで水筒が上下しているのだろう、波琉子の足取りに合わせてリュックサックからかたかたと音がした。

あの、と声をかけられるまで自分のすぐ背後に人がいることにまったく気づかなかった。マンションのごみ捨て場に不燃ごみを置き、歩き出したときだった。振り返った知可子の目が、蔓井朱実とその息子を認めた。

とっさに反応できず、しかし波琉子の目を意識し、「おはようございます」と知可子はほほえんだ。

「あのー」

「はい？」

「えっとー」

頰に綿が詰まっているようなこもった声だ。金色に染めた髪の生え際が七、八センチほど真っ黒で、この女は何か月美容院に行っていないのだろう、と知可子はそんなことを考えていた。

蔓井朱実はもっさりとした動作でジャージのポケットに片手を入れた。

「あのさ、これ」

彼女が取り出したのは、知可子が昨日、三〇二号室の郵便受けに入れたメモだった。あとで言いがかりをつけられないために、駐車場にいた男児におやつを与えたことを記しておいたのだ。しかし、知可子は自分が書いたメモより彼女の指先に目がいった。長い爪は目の前で見ると、伸ばしているというより切っていないだけのように汚らしかった。マニキュアの赤がところどころ破片のように残っている。

「どーも、でした」

朱実は無表情でこくんと首を倒した。

「いいえ、いいんですよ」

知可子はしっかりとした物言いを意識し、女とのあいだに線を引こうとした。

「こういうことはお互いさまですから、気になさらなくてけっこうですよ。余計なことかもしれないとも思いましたが、昨日はお宅の息子さんが、おなかがすいたおなかがすいたとあまりにもかわいそうなので、手づくりのパウンドケーキなどをあげたんですよ。お宅にも伺ったんですが、お留守のようでしたからね」

「何歳?」

朱実はいきなりかがみ込み、波琉子の目線の高さになった。

びくっとした波琉子を、知可子は自分のほうへと引き寄せる。

「ねえ、何歳?」

彼女はまったく気にせず繰り返す。

「六歳」

波琉子から頼りない声が漏れた。

「ふーん。じゃあ、リョウタよりいっこ上だね」

彼女は知可子が引いた線に気づきもせず、ずかずかと無神経に踏み込んでくる。

「あら、おはよう」

わざとらしい明るい声は大野初美だ。ほうきとちりとりを手にした彼女は、おはようござ

いますと頭を下げた知可子を無視し、

「ねえ、あんた、三〇二号室の人？」

と、好奇心を剝《む》き出しに朱実に訊ねた。ごみ収集車が来ていないのに現れたということは、窓からうかがっていたにちがいない。

「それじゃあ、これから遠足なので失礼します」

知可子は、波琉子の手を引いてその場を離れた。

「長期不在にしてたんだって？」「いろいろ噂してる人もいたのよ」「いつ戻ってきたの？」「ふたり暮らし？　ダンナさんはいないのかい」

大野初美の声だけが聞こえてきた。

「リョウタ君って五歳？」

波琉子がそっと訊ねる。あの女とあの子に波琉子を汚された気がして、「そうね」とだけ知可子は答えた。

校舎に入っていった波琉子が門から現れたのは、一時間近くたってからだった。紅白帽をかぶった一年生がふたりひと組になって手をつなぎ、担任と副担任に前後を挟まれ歩いていく様子はカルガモの親子を連想させた。波琉子が大柄な女の子と手をつないでいるのを確認し、知可子は安心して列の後ろをついていく。

担任の女教諭は、知可子に気づいているがなにも言わない。同伴しない親のほうがおかしい、と知可子は思っている。たった六歳の子をどうして他人にまかせっきりにできるのだろう。森林公園の紅葉した樹木が見えてきた。なにげなく後ろに顔を向け、知可子は息をのんだ。さっきから自分の斜め後ろを歩く人がたまに視界に入ってはいたのだ。保護者のひとりだと思い込んでいたが、蔓井朱実だった。彼女の後ろには男児がいる。同じ学校なのか、と思いかけたが、波琉子よりひとつ下のはずだし、紅白帽もリュックサックもない。

知可子は前に向き直った。なぜ蔓井親子が列に加わっているのか理解できない。誰かの知り合いというふうでもなければ、おもしろがって混じっているふうでもない。まるで連行されるかのように惰性で足を進めている雰囲気だ。

森林公園に着くと、子供たちは数名ずつのグループになり、宝探しゲームをはじめた。池から離れた場所ではあったが、知可子はグループの最後尾をついていく自分の子供から目を離さなかった。気がつくと、蔓井親子の姿はなかった。

波琉子が七歳の誕生日を迎えた一週間後、奇妙な手紙が届いた。

夫がこの三月から単身赴任となり、自分ひとりでこの大切な巣を守らなくてはならないと緊張している最中のことだった。

　誕生日の夜、夫が単身赴任先から車で三時間かけて帰ってきたのは、知可子が家族三人で過ごすことを強く望んだからだ。誕生日は一年のなかでもっとも大切な日なのに、夫の到着が十時をまわったことが知可子は不満だった。

　夫が着いたとき、波琉子は居間のソファで眠っていた。

「波琉子、お誕生日おめでとう」

　そう言って夫は、波琉子のひたいを撫でた。

「あ、お父さん」

　波琉子が眠たげに目を開けた。

「波琉子は何歳になったのかな？」

　いたずらっぽい口調に、波琉子は少しあいだを置いてから、

「お兄ちゃんは十四歳、はるちゃんは七歳」

　と答えた。

「なあ、波琉子。お父さんは波琉子の歳《とし》を聞いてるんだよ」

　苦々しさをのみ込むような表情に、知可子は思わず口を挟んだ。

「ちゃんと答えたじゃない」

しかし夫は知可子を無視し、波琉子に繰り返す。

「波琉子は？　波琉子はいくつになった？」

「うん、はるちゃんは七歳」

波琉子は目をこすりながら答える。

「誕生日プレゼントはなにをもらったんだ？」

「お兄ちゃんは万年筆。あのね、すごくきれいなんだよ。見る？」

波琉子は、青と紺のマーブル模様のつややかな万年筆を父親に差し出した。

「ねえ、きれいでしょ？　宇宙みたいな色でしょ？」

ソファの上で女の子座りをした波琉子は、黒い瞳を輝かせ、父親の同意を待っている。

知可子もデパートの文房具コーナーで、ひと目で気に入ったのだった。波琉は十四歳、中学三年生になる。そろそろこんな万年筆を欲しがるのではないかと奮発して購入したのだ。

「お父さんは波琉子がもらったプレゼントを聞いてるんだよ」

「ぬいぐるみ。クマの」

なぜ夫が万年筆を褒めないのか、なぜ波琉子に同意してやらないのか、知可子には理解できない。せっかくの誕生日を台無しにされた気がした。

波琉子が寝室に入るのを見届けてから、夫が小声で聞いてきた。

「どうしていつもクマのぬいぐるみなんだ？」

「だって女の子だもの」

「女の子だから？」

「女の子はテディベアが好きなのよ」

そんなこともわからないの？　と口にしたくなる。

「だからって波琉子にもほかに欲しいものがあるだろう」

たとえば？　と聞くと、夫は口ごもった。

欲しいものがあれば言ってくるはずだ。波琉は誕生日でもないのに、あれが欲しいこれが欲しいとよく口にしていた。しかし聞き分けのいい子で、お誕生日にね、と言うとそれ以上しつこくすることはなく、そして誕生日になるとちがうものが欲しくなっているのだった。

さてと、と夫が腰を上げた。

「もう寝るの？」

「帰るんだよ」

「帰るって、あなたの帰るところはここでしょう？」

「そういう意味じゃない」

「じゃあ、どういう意味？」

「明日も仕事なんだよ」

誕生日なのよ、と喉までせり上がった言葉をなんとか抑え込み、知可子は冷蔵庫からいくつかのタッパーを取り出した。

「ぶりの照り焼きと筑前煮。それから肉じゃがとふきの炒め物。お父さん、好きでしょう？つくっておいたの」

「ああ、ありがとう」

夫を見送って居間に戻った知可子は、ローテーブルを眺めた。小皿に取り分けた料理に夫はほとんど手をつけず、鶏の唐揚げをひとつつまんだだけだった。ひとりになった居間は、室温が二、三度低くなったようで、その二、三度のなかに霧が膨らんでいくような不穏さを感じた。


奇妙な手紙が届いたのは、それから一週間後だった。

さぞかしいいお母さんなんでしょうね。

真っ白な便箋に、ただそれだけが書いてあった。丸みのある女文字。蔓井朱実だ、と知可子はかっとなった。

三、四日前、マンションの廊下で蔓井親子と会ったのだった。遠足の日を最後に、彼女たちを見たのは半年ぶりだった。

蔓井親子の暮らしぶりは謎めいていた。ほとんど不在のようだったが、ときおり水を流す音が聞こえたり、ベランダの窓が開いていることがあった。大野初美によると、電気がついていた夜もあったらしい。

明け方、トイレに起きた知可子の耳に、階段をゆっくりと上る反響した足音が届いた。なぜか胸騒ぎを覚え、カーディガンをはおりドアを開けた。ちょうど蔓井親子が階段を上りきったところで、朱実の手にはコンビニの袋があった。

「こんな時間にどうしたの？」

知可子は男児に声をかけ、反射的に全身に視線を滑らせた。が、痣や傷は見つけられなかった。

「コンビニ」

答えたのは朱実だった。両頬に綿が詰まったような声で「コンビニに行ってきた」と続けた。

「だめじゃないの」

尖った声になったのは、朱実が薄笑いを浮かべていたのと、馴れ馴れしい言葉づかいのせいだった。

「いま何時だと思ってるの。こんな時間に子供を連れ出しちゃだめじゃない。健康にも情緒にもよくないのよ。あなた、母親なんだから、もっと子供のことを考えなさいよ」

「四時三十五分」

腕時計を見ながら答えた朱実は、「もう朝じゃん」と薄笑いの顔を知可子に戻した。

「そういうことじゃないのっ」

知可子の叱咤《しった》に、朱実の顔の下半分が引き攣《つ》れた。それが彼女の笑みを広げた表情だと気づくまでしばらくかかった。

「いい母親なんだってね」

もさもさした声といびつな笑みは、挑発しているようにもばかにしているようにも感じられた。

「一階のばばあに言われた。お隣さんを見習えだってさ」

ふん、と乾いた声を残すと、彼女は子供を連れて部屋へ入っていった。

そのときのことを根に持っているのだろう。だからこんな嫌がらせの手紙をよこしたのだ。

文句を言いに行こうと尻を浮かしかけ、思い留まった。陰湿そうな女のことだ、嫌がらせをエスカレートさせるかもしれない。そう考え、無視するのがいちばんだと結論した。

さぞかしいいお母さんなんでしょうね。

知可子はその文字を見つめ続ける。
さぞかし、いいお母さん、なんでしょうね。
さぞかし、いい、お母さん、なんで、しょう、ね。
やがて文字はばらばらとほどけ、黒い模様でしかなくなる。と感じた瞬間、ぱっと集合し、形を成し、また意味を持つ。

さぞかしいいお母さんなんでしょうね。

文字の裏側に、なにかひそんでいる気がしてならない。同情と非難と好奇が入り混じった目。ざわめきとささやき、拡散していく噂話。
これは蔓井朱実が書いたものだ。そう言い聞かせても、たくさんの人間の気配が感じられ、そのなかにかつての知可子自身もいるのだった。

――お母さんは、いいお母さん？

頭のなかで響く聞き慣れた言葉。

いいお母さんでなければ、子供を守れない。いいお母さんでなければ、子供を幸せにできない。いいお母さんでなければ、子供を失ってしまう。

――母親失格。

子供を守れない、幸せにできない、失ってしまう。

インターホンの音で我に返った。

反射的に立ち上がり、時計に目をやる。三時半になるところだ。体のなかを冷たい水が流れ落ち、はるちゃん、と無意識のうちにつぶやいていた。知可子はよろけるように玄関に向かい、ドアを開けた。

「はるちゃんっ」

目の前の子供を抱きしめる。ランドセルが邪魔して、思い切り引き寄せることができずにもどかしい。

「ごめんねごめんね。お母さん、迎えに行かなくてごめんね。不安だったでしょう？　心配したでしょう？　ひとりで帰ってきたの？　大丈夫だった？」

　波琉子は小さくうなずいた。

「はるちゃん、ごめんね。お母さん、おやつ用意してないの。昨日のクッキーの残りなんて嫌よね。ホットケーキかドーナツならすぐにつくれるけど、どっちがいい？」

　波琉子は答えず、母親をまっすぐ見つめている。

「どうしたの？」

「お母さん、心配してくれてありがとう」

　引き締まったまなざしで波琉子は言った。

　知可子から温かな息が、ふ、と漏れ、それがほほえみにつながった。

「母親が子供を心配するのはあたりまえのことなのよ」

「ボクなら大丈夫だから」

　真顔で言うと、波琉子はくるりと後ろを向き、ランドセルを置きに寝室に入った。

「はるちゃん？」

「なに？」

　声をかけたが返事はなく、聞こえなかったのかもしれないともう一度呼んだ。

　寝室から現れた波琉子は真顔のままだ。ふと、同学年の子からこの子はどのように見えるのだろうと疑問が生まれた。担任の女教諭によると、波琉子はいまだに友達がいないらしい。

「ホットケーキとドーナツ、どっちがいいのかなと思って呼んだのよ」

知可子が大げさに笑いかけたのは、つられて波琉子が笑顔になればいいと考えたからだ。

「ボクはどっちでもいい」

しかし、波琉子は表情を変えずに答えた。

「ねえ、はるちゃん。学校で、ボクって言うの流行ってるの？」

質問の意味がわからないとでもいうように、波琉子は首をかしげた。その仕草が妙に幼く見え、知可子は愛おしさと安堵を感じた。

〈ごみ出しのルールを守ること！〉

三〇二号室のドアに手書きのメモが貼られたのは、その年の晩夏だった。

おそらく大野初美だろう。最近、収集日以外にもごみが置かれていることがあり、彼女はそれを「いかにもやりそう」との理由で蔓井朱実の仕業だと決めつけていた。

入居から一年半がたっても隣人の暮らしぶりは変わらず、長期不在がほとんどのようだった。

知可子が気になるのは、リョウタという子供のことだ。波琉子よりひとつ下なら、今年から同じ小学校に通っているはずだ。しかし、波琉子の口からリョウタの名前が出たことはないし、知可子も訊ねることはしなかった。

三〇二号室のドアからメモが消えて二、三日がたった夜、知可子は激しい物音で目を覚ました。

壁になにかがぶつかる音と振動は、あきらかに隣室からだった。枕もとの目覚まし時計を確認すると二時をまわったところだ。布団のなかで身を横たえたまま知可子は耳を澄ませた。重いものが壁にぶつかり、びりびりと空気が震える。下半身が剝き出しの男児が壁に叩きつけられる光景が頭に映し出されたとき、
母親ではなかったか？

突然、浮かんだ。

公衆トイレで遺体となって発見された男児は、母親に殺されたのではなかっただろうか。

また物音が響いた。

体を起こした知可子は、隣の布団に目をやった。子供の眠りは深い。波琉子はくちびるを尖らせ、規則正しい寝息をたてている。

知可子は記憶をたぐり寄せる。

あのときの犯人は捕まっていないのではなく、のちに母親が殺したと判明したのではなかったか。それともワイドショーのコメンテーターが、母親への疑惑を想起させる内容をしゃべっていただけだろうか。

知可子はベランダに出た。隣の様子をうかがおうとしたとき、視界の端で動くものがあり、目を転じると駐車場を走る小さな人影に焦点が合った。急いで部屋に戻り、パジャマから部屋着のワンピースに着替えて玄関を出た。

以前と同じように、男児は駐車場の塀と軽自動車のあいだに座っていた。屋外灯の頼りない明かりが、膝を抱えた小さな体に落ちている。

「どうしたの？　お部屋で大きな音がしたけど、なにかあったの？」

男児は焦点の定まらない目でマンションを見上げているが、ベランダに変わった様子はない。

「どこか痛いところはない？　ひどいことされなかった？」

男児を照明の下に連れていき、その体に折檻の痕跡がないか確かめたい衝動がこみ上げる。

「こんな夜にこんなところにいたら危ないわ。おうちに帰りたくないなら、おばさんのうちに来る？」

男児はやっと知可子を見た。

「おばさんのうちに、来る？」

もう一度、今度はゆっくりと言い聞かせるように訊ねたが、細い目の奥に感情は現れない。

「それとも警察の人に助けてもらう？」

いきなり男児は立ち上がり、マンションへと駆け出した。

そのとき、彼が裸足だと気づいた。追いかけようとした知可子だったが、立ち上がるときにワンピースの裾を踏み、アスファルトに膝をついた。起き上がると、男児の姿はすでに見えなかった。

マンションの階段を上りながら、どうするべきかを考える。あの子が母親に暴力をふるわれたことはまちがいないだろう。ただ、その程度と頻度がわからない。

知可子は三〇二号室のインターホンを押した。一度押したら止まらなくなった。

カチリ、と鍵をまわす音がした。薄く開いたドアのあいだに蔓井朱実の顔があった。外から眺めたときは電気がついていたのに、ドアの向こうは暗闇だ。

「大きな物音がしたけど、なにかあったの？」

朱実の細い目は、知可子の喉のあたりに向けられている。

「リョウタ君は？　リョウタ君はどうしてるの？」

ドアを大きく開けようとしたが、ドアチェーンに阻まれた。

「警察を呼びましょうか？」

脅したつもりだった。

朱実が視線を上げた。が、知可子の目からは微妙にそれている。

彼女の腰のあたりから男児が姿を現し、上目づかいに知可子を見つめた。その頭に、朱実がわざとらしく片手をのせる。

「なんでもないから」

丸めた紙屑を放るようにつぶやき、朱実はドアを閉じた。

知可子は自室のドアノブをつかみ、鍵をかけていなかったことに気づいた。一瞬のうちに心臓が冷える。サンダルを脱ぎ捨て、寝室に入った知可子の目にからっぽの布団が飛び込んできた。

「はるちゃん？」

居間の電気をつけたが、波琉子はいない。

「はるちゃんっ」

トイレと浴室を確かめ、もう一度寝室に入りタオルケットを持ち上げてみたが、そんな薄っぺらな空間に波琉子がいるはずのないことはわかっていた。

「はるちゃんどこ？　はるちゃんっ」

ベランダに出て下をのぞき、駐車場に並んだ車のあいだに目をこらす。悲鳴が喉もとまでこみ上げている。

知可子の脳裏に、青白い小さな顔が浮かぶ。凍ったように冷たい頬と最後の息を吐ききったくちびる。

一瞬でも気を抜くと、あのときの悪夢へと引きずり込まれてしまいそうだった。

あの女だ、と閃《ひらめ》いた。

母親失格のあの女が、波琉子を連れ出したのだ。暗闇で泣き叫ぶ波琉子が浮かんだ。お母さーん、助けて、お母さーん。このときがくることを、どこかで予感していた気がする。

お母さーん、お母さーん、助けてー。叫び声が、知可子の頭でわんわん響く。

知可子は玄関を飛び出した。隣室のドアを叩こうとしたとき、

「お母さん？」

ぴたりと吸いつく声に振り返ると、パジャマ姿の波琉子が立っていた。

「はるちゃんっ」

駆け寄り、小さな体にしがみつく。

「どこに行ってたのっ。心配したのよ。はるちゃんがいなくなって、お母さんとっても心配したんだから」

「だってお母さんがお外に行ったから」

きつく抱きしめる母親に抗《あらが》うことなく波琉子は答えた。

「よかった。無事でほんとうによかった」

「お母さん、心配かけてごめんなさい」

「はるちゃん、ごめんね」

堪《こら》えていた感情が嗚咽となって一気にあふれ出た。知可子は、抱きしめる腕にいっそう力を加えた。

「ほんとうにごめんね。お母さんは、ほんとうはいいお母さんじゃないでしょう？　お母さんは母親失格でしょう？」

「お母さんは、いいお母さん」

波琉子は即答した。母親の腕のなかで小さく身じろぎしてから、

「ってお兄ちゃんも言ってるよ」

と続けた。

三年生の二学期に入ってすぐ、知可子は学校に呼び出された。

新しい担任は三十代の男だった。登下校時の送り迎えをやめるように、と切り出した彼は、知可子の視線が鋭くなったことに気づき、

「過保護はお子さんの自立を妨げるものです」

と、教員としての自信を感じさせる表情と声音を意識した。

「どういうことでしょう？」

そう訊ねはしたものの、知可子には担任の考えを知りたいという気持ちはまったくなかった。

「子供には、子供の世界があるものです。波琉子さんはもう三年生ですから、お母さんだけでなく、友達とふれあうことで人とのかかわり方を学び、人間関係を築いていかなくてはなりません。いまの波琉子さんにそれができていないのは、お母さんもおわかりですよね？」

「それよりも大切なことがあります」

知可子の言葉に、担任は無言で続きを促した。

そのとき、知可子は夫のことを思い出していた。当初、一年で単身赴任先から戻ってくる予定だったのが、営業所の新設により半年延び、さらにこの先も転勤の可能性があると告げたのだった。そんなことなら一緒に行ったのに、と知可子は声を荒らげた。一年だって言う

から我慢したのよ、家族がばらばらになるのはおかしいじゃない、それなら私たちもそっちに行くわ、と。先のことはまだわからない、という他人事《ひとごと》のような口調に腹が立ち、じゃあ会社に確認してよ、と言うと、夫にしては珍しく先に電話を切ったのだった。

男はいちばん大切なことをわかっていない。自らのなかに命を宿したことがないから、ほんとうの意味で血を分けていないから、理解できないのだ。

「子供を守ることです」

知可子は言った。

「もちろんそうです」

担任は拍子抜けしたようにほほえみを漏らした。

「守れます？」

疑問形ではあったが、答えを望んでいるわけではなかった。

「先生に、ひとりひとりの子供を守れます？　絶対に安全だと言いきれます？　登下校のとき、事故や事件に巻き込まれないと約束できます？　もし子供が死んだら、先生には生き返らせることができますか？」

お母さん、と担任は強い声を出した。

「お母さんのそのマイナス思考が波琉子さんに良くない影響を与えているんですよ」

「子供を守るためのあたりまえの考え方です」

お母さん、と今度はため息の口調だった。

「波琉子さんは学校にもクラスにも馴染めていません。馴染もうとしないんですよ。人とかかわることを拒んでいるように私には見えます。このあいだ波琉子さんに、どうしてほかの子と遊んだりしゃべったりしないでいつもひとりでいるのか聞きました。そうしたら、自分はひとりじゃない、そう答えたきり黙ってしまいました」

言葉を切って反応を待つ担任に、知可子は深くうなずいてみせた。担任はどこかあきらめたように息を吐いた。

「いま、お話しさせていただいてわかりました。原因は、やはりお母さんの行きすぎた干渉にあるようですね。愛情と過保護はちがいます。お母さんが変わらないと、波琉子さんは変わりません。このままだと波琉子さんがかわいそうです」

「つまり、私は母親失格だと？」

語尾が震えた。そう気づくと、ももの上で重ねた手も震え出した。

「そうは言っていません。お母さん自身、そう感じられるのですか？」

「母親失格だと、そう言いたいんですか？　こんな親のもとに生まれて、子供が、あの子が、かわいそうだと？」

担任の目と口が大きく開くのを認め、知可子は自分が泣いていることを知った。その途端、堰《せ》き止めていたものが一気にあふれ出した。

知可子は立ち上がっていた。なにか言おうと口が動くが、荒い息が漏れるだけだ。指導室を飛び出し、波琉子が待っている教室へと急いだ。

波琉子は、教室にひとりきりだった。窓側から二列目の後方の席に、まるで授業中のように行儀よく座っている。

「ボクのせい？」黒い瞳を知可子に向ける。「お母さんが泣いてるのはボクのせいなの？」

ちがう、ちがうの。胸のなかの言葉は重すぎて、喉を上がってこない。

——母親失格。

ときおり頭のなかで聞こえる声と、さっき発した自分の声が重なって響く。

「お母さんは、いいお母さんだよ。全部ボクが悪いの」

波琉子は泣きじゃくる母親の手をそっと握り、ごめんなさい、と続けた。

完璧な母親とのこと、尊敬いたします。

その手紙が届いたのは、担任に呼ばれた翌々日のことだった。一瞬、担任の仕業ではないかと疑いかけたが、以前届いた手紙と同じ丸みのある筆跡で、担任のものとはあきらかにちがう。白い便箋に記してあるのも、白い封筒に入っているのも変わらない。

知可子はその手紙をくしゃくしゃに握り潰し、食卓に突っ伏した。幸せなのに、望むものすべてを手に入れたはずなのに、激しい嗚咽が突き上げてくるのはなぜだろう。

泣いてはいけない。波琉子に、ボクのせい？　と言わせてはいけない。心配させてもいけない、悲しませてもいけない、不安がらせてもいけない、さびしい思いをさせてもいけない。母親だから。私は、あの子の母親なのだ。

知可子は食卓から顔を引き剝がし、エプロンで涙をぬぐうと立ち上がった。手紙を握りしめ、隣室のインターホンを立て続けに押した。室内で鳴るこもった音が耳に届くが、予想していたとおり応答はない。

あの女はなんのためにこんな嫌がらせをするのだろうと考え、嫉妬しているのだ、と強引に答えを導き出す。私には夫も子供もいるから。完璧な巣を持っているから。望むものすべてを手に入れたから。世界でいちばん幸せな女だから。


眠れなくなった。というより、自分が眠っているのかいないのかわからなくなった。犬の聴覚は寝ているときも含め二十四時間働いているという。知可子もそうだった。寝室の電気を消して布団に入った途端、聴覚が剝き出しになるのだった。

階段を上り下りする足音、話し声や笑い声、テレビの音声、水の流れる音、ドアの開閉する音。自分の鼓膜が捉《とら》えた音が、夢なのか想像なのか現実なのか判断できなくなった。夜中や明け方、不審な音を聞きつけると布団を出て、ドアスコープをのぞいたり、壁に耳を当てたり、ベランダに出たり、玄関口で耳をそばだてる日が続いた。

それが終わったのは九月の終わり、三〇二号室のドアとベランダの窓に〈空き室〉と印字された紙が貼られてからだった。

「ちょっとちょっと、三〇二号の親子、結局引っ越しちゃったんでしょう？　なんだったのよ、あれ」

波琉子の登校のつきそいから帰った知可子を、大野初美がマンションの玄関で待ち構えていた。

「ええ、貼り紙を見ました」

寝不足が続いていた知可子のまぶたは重く、頭は熱を帯びたようにぼんやりとし、家事の前に少し横になろうと考えていた。蔓井親子がいなくなったいま、物音を気にせず久しぶりに熟睡できる気がした。

「絶対わけありだったでしょ、あの親子。でも、いなくなってよかったよ。ごみ出しのルールは守らないわ、まともに挨拶できないわ、子供にもろくなもん食べさせてなかったんじゃないの。かわいげのない暗い子供だったよね」

「ええ、そうですね」

早く休みたかったが、大野初美の口はせわしなく動き続ける。

「私、言ってやったことがあるのよ。少しはお隣さんを見習え、って。あ、お隣さんてあんたのことよ。でもねえ、出来がちがうっていうのか育ちがちがうっていうのか、ありゃあだめだね。あんな母親じゃ子供がかわいそうだわ」

母親失格、と反射的に浮かび、叫び出してしまうのではないかと知可子は口もとを押さえた。

「あら、どうしたの？」

「ちょっと具合が良くなくて」

「おめでた？」

「え？」

「なんて、まさかね」

大野初美は笑いながら部屋へと入っていった。

知可子はその場に立ち尽くした。まさかね、という声が耳に残っている。おめでた？　なんて、まさかね、と大野初美は言ったのだ。

四十六歳という自分の年齢に、知可子はいまはじめて気づいた心地になった。波琉を産むときも、波琉子を産むときも、医者からはこれが最後の出産になると告げられた。十分に理解していたつもりだった。しかし、自分のなかに居座る年齢を受け止め、これからはなにがあってもやり直すことができないのだ、と噛みしめると、底のない恐怖につま先が浸った気がした。

目覚まし時計を正午にセットし、ソファに仰向けになった。右手をのせた下腹部の奥に、かつて命を宿したことがあったのだと考える。血を分けた小さな生き物が誕生し、存在し、生きた場所。ここに命を宿すことはもうないのだ。

壁を隔てた場所からインターホンの音が聞こえた。空き室の紙が貼ってあるのだから隣室ではないだろう、上か、下だ。音の出どころが無性に気になった知可子は立ち上がり、玄関のドアを開けて顔を出した。

階段を下りていく後ろ姿が見えた。若い男だろう、肩までの髪は茶色だった。三〇二号室の前に、空き室の貼り紙が落ちている。いまの男が剥がしたのだろうか。後ろ姿だけだったが、どこか見覚えがある気がした。

すぐに〈空き室〉の新しい紙が三〇二号室のドアに貼られた。

しかし、妙なのだった。ときおり、水の流れる音が聞こえるのだ。階上かとも考えたが、下水の音だけではなく、夜半、居間の壁越しにかすかな咳き込みが聞こえたこともあった。

気のせいだ、と知可子は自分に言い聞かせた。隣室から聞こえるように感じるのは神経が高ぶっていることに加え、マンションの造りによるものだろう。

念のため大家に電話をかけ、蔓井親子はほんとうに引っ越したのか確認すると、三〇二号室は空き室だと大家は断言した。

「ねえ、はるちゃん。お隣さん、引っ越したでしょう。でも、ときどき物音がしない？　ほら、いまもガタンって音がしなかった？」

食卓で宿題をしている波琉子に声をかけたが、黙ったまま鉛筆を動かしている。

「ねえ、はるちゃん」

やっと顔を上げた波琉子は、無言で母親を見つめた。

黒い瞳で見据えられると、睨みつけられているようにもすべてを見透かされているようにも感じ、知可子は聞きたいことを口にするべきかどうか迷った。

「はるちゃんはどうしてあまりしゃべらなくなったの？」

聞いた途端、後悔した。声にすることで、波琉子の口数の少なさが深刻なこととして決定づけられた気がした。

波琉子は斜めに首をかしげた。見慣れた幼い仕草とはちがい、隠すものと含むものが感じられた。

「ね、どうして？」

波琉子はまた無言で首をかしげる。

その瞬間、頭の芯《しん》がかっと燃えた。

「あなたのお兄ちゃんは、なんでもしゃべってくれたのよ」

取り返しのつかないことを言ったのではないか。はっとして波琉子を見つめ直すと、まるでいまの言葉など聞こえなかったかのように問題集へと視線を落とした。

夫から、単身赴任が半年延びると連絡があった日、三通目の手紙が届いた。

いいお母さん。でも、あなたの子供は幸せでしょうか？

以前の二通と同じ筆跡だった。消印は三通のうち一通が読み取れず、二通は意図的なのかちがう場所から投函されていたが、そのどちらも知可子の知らない地名だった。

「ねえ、気持ち悪い手紙が届くのよ。たぶん、前に隣に住んでた女の人の嫌がらせだと思うんだけれど」

その夜の電話で、知可子ははじめて夫に告げた。

「どんな手紙?」

文面を伝えることがためらわれ、私を中傷する手紙、とだけ答えた。夫はそれ以上聞くことはせず、

「でも、引っ越したんだろ?」

と、明るい口調で言った。

「そうだけど」

「半年後にはまちがいなくそっちに帰れるよ。そうしたら、もっと広いところに引っ越そう。波琉子もそろそろ自分の部屋が欲しいだろ」

「ええ、そうね。そうよね」

答えながらも知可子の聴覚は、受話器とはちがうところに向けられていた。隣室のベランダの窓が開いた気がするのだ。

電話を切り、時計に目をやると十一時になるところだった。波琉子が眠っているのを確かめてから、知可子は物音をたてないようにベランダに出た。

ひやっと毛穴を刺激する夜の空気。かすかに焦げたにおいが感じられる。屋外灯が照らす駐車場は友高家が借りている場所だけが空いていて、動くものはない。

塀と車のあいだにうずくまっていた男児がよみがえる。表情の抜け落ちた細い目、華奢《きゃしゃ》な肩、くるぶしの黒ずみ。

あなたの子供は幸せでしょうか？

手紙の文面が頭に浮かび、そう聞きたいのはこっちのほうだ、いや、聞くまでもない、子供の不幸は母親のせいなのだ、と知可子は思った。

隣のベランダをのぞき込み、あ、と喉が開いた。

男児がいた。両手で手すりをつかんでしゃがみ込み、首をねじ曲げ知可子を見上げている。

知可子はとっさに人差し指を口に当てた。待っててね、とささやき、台所からバターロールとクッキーを取ると、急いでベランダに戻った。男児は同じ姿勢でそこにいた。

「食べなさい」

知可子の言葉に、男児はのっそり立ち上がり両手を差し出した。トレーナーの袖がめくれ、腕の内側が露わになる。そこにいくつもの痣を見つけた。煙草の火を押しつけられたのだろうか、思い切りつねられたのだろうか。

「どうしてここにいるの？　お母さんはどうしたの？」

はっと男児が背後を向いた。しかし、空き室の貼り紙がある窓は真っ黒で、人の気配は感じられない。

男児は窓のすきまから小さな体を滑り込ませ、部屋に入っていった。

逃げてきたのかもしれない、と思いついた。暴力をふるう母親のもとから逃げ出し、隠れているのだ。おそらく合鍵でドアを開けたか、鍵がかかっていないときに入り込んだのだろう。警察に通報したほうがいいのだろうか、それともまずは大家に伝えるべきか。しかし、どちらにしても母親のもとに戻されてしまうだろう。

隣室のドアは鍵がかかっていた。インターホンを押す。三度押したが、開けるつもりはないらしい。

あの子を守らなければならない。

部屋に戻り、再びベランダに出た。隣との境界壁を押してみたが、はずれそうもない。知可子は手すりをつかみ、下を見ないようにして柵を乗り越えた。思ったよりもあっけなく隣のベランダに移ることができた。

窓に鍵はかかっていなかった。息を殺して部屋へ入り、暗闇に目が慣れるのを待った。

やがて闇がほどけ、うっすらと浮かび上がるものを目が捉えたとき、空き室の貼り紙を見たときから感じていた漠とした違和感の正体があきらかになった。引越業者が来た形跡がなかったのだ。知可子が普段自宅を留守にするのは、波琉子の送り迎えや買い物のとき、せいぜい一時間、長くても二時間ほどだ。そのあいだに荷物をすべて運び出し、養生シートやごみを跡形もなく片付けることなどできるのだろうか。あの大野初美でさえ、三〇二号室の住人が引っ越したことは貼り紙を見てはじめて知ったのだ。

引っ越してなどいなかったのだ。

暗闇のなかから輪郭を現したのは、四角い座卓、小さなテレビ、カラーボックスといった家具だった。長いあいだ換気をしていないのだろう、腐敗臭と人間の分泌物が入り混じったすえたにおいがこもっている。

男児は、テレビとカラーボックスのあいだに体をねじ込み座っていた。

「大丈夫よ」

一歩ずつ慎重に近づきながら知可子はささやいた。

男児の吐く息は、知可子が焼いたバニラビーンズをたっぷり入れたクッキーのにおいがした。

「絶対に大丈夫。おばさんが守ってあげるから」

ね、とのぞき込んでも、男児は無表情に知可子を見つめ、甘い息を吐くばかりだ。

「お母さんは？」

反応しない男児に、

「お母さんはここにいるの？」

と聞き直すと、うなずきが返ってきた。

「お母さんはあっちのお部屋にいるの？」

六畳間があるほうを指差すと、男児の首がまた縦に動いた。

ふすまは開いていた。窓のない部屋には豆電球の暗い橙色がともり、壁際に置かれたベッドに横たわる影が見えた。

知可子の耳奥で鼓動が響き、頭皮がきゅっと縮んだ。

ベッドの上の蔓井朱実を見下ろす。胎児のように両手足を胸に引き寄せ、長い髪が横顔にかかっている。

この女さえいなければ——。突然、そんな考えが突き上げた。

世の中には、母親になってはいけない女がいる。子供を持ってはいけない女がいる。この女がいい母親であれば、あの子は死なずに済んだのに。そう考え、知可子は混乱した。いま自分が思った「あの子」とは誰のことだろう。

子供を守らなくてはいけない。苦しませてはいけない。死なせてはいけない。

——母親失格。

そう、この女は母親失格なのだ。

女の肩がぴくっと動いた。次の瞬間、跳ね起き、逃げるように背中を壁に張りつけた。女の首に伸ばしかけた知可子の両手が宙に置き去りにされた。

ベッドの上の朱実は腰を抜かした恰好で「誰？」と薄っぺらな声を漏らした。

どのくらい無言で見つめ合っていただろう。壁に張りついた朱実の体から、やがて力がするすると抜けていくのが感じられた。ああ、と彼女は息をついた。

人の気配に振り返ると、背後に男児が立っていた。知可子の脇をすり抜け、ベッドに上がると母親の横に膝を抱えて座った。

「どうやって入ったの？」

薄笑いの混じったもさもさとした声。

「聞きたいのはこっちのほうよ。引っ越したんじゃないの？　ここ、空き室のはずよ」

朱実は、ふん、と笑い、長い髪を耳にかけた。知可子は、豆電球の頼りない明かりが映し出すその顔を凝視した。影かと思ったが、ちがう。目のまわりとくちびるの端が黒ずみ、顔全体が腫《は》れ上がっている。知可子の驚きに気づいたのだろう、朱実がまた息つくような笑いをこぼし、殴られてさ、と言った。

「殴るんだよね、ダンナ。何回も別れようと思ったんだけどさ、やさしくされると信じちゃうじゃん？　何回も信じたんだけどさ、子供にまで手出すようになっちゃったら、もう信じられないじゃん？」

「警察には相談したの？」

「そんなことしたら殺されるに決まってるじゃん」

男児が母親の腕におずおずとふれたが、朱実はその手を握ろうともしない。

「でも、なんでここにいるの？　なんでうちらがいることわかったの？」

「ベランダにその子がいたから」

「ばかっ」

朱実は平手で男児の頭を打った。

「外に出るなって言っただろっ。見つかったらどうすんだよっ。なんでおまえは何回言ってもわかんないんだよっ」

叫びながら何度も打つ。男児は慣れているのか、目を閉じ、肩をすくめ、避けようともせずじっと耐えている。

「やめなさいっ」

知可子は朱実の手首をつかんだ。

「あなた、母親なのよ。子供を守らなくちゃならないのよ。それなのになにやってるのっ」

動きを止めた朱実が知可子を見る。

「ちゃんと説明してちょうだい」

朱実の手を放して知可子は言った。

このマンションの大家は伯母夫婦なのだと朱実は説明した。夫から逃げるために部屋を提供してもらったが、子供とふたりきりの息をひそめた暮らしに苦しくなり、知り合いの家や安ホテルを転々とするうち、急《せ》き立てられる気持ちになり夫のもとへと戻ってしまう。そしてまた殴られ、逃げ出す。その繰り返しだった。

「だってあの人、ほんとうはやさしいんだよ。私のこと大好きなんだよ。私がいないと生きていけない人なんだよね」

呆《ほう》けたような口調だった。

あるとき、朱実の夫はこのマンションにのり込んできた。知可子が大きな物音を聞き、駐車場にうずくまる男児を見つけたあの夜のことだった。今度こそほんとうに別れると決意したものの、両親はすでになく、頼れるのは伯母夫婦だけだったが、金銭的な援助は断られた。そこで、空き室の貼り紙で転居を装い、夫があきらめるまで隠れて暮らすことを思いついたという。

「この子、あの人の子供じゃないんだよね。でも、最初はかわいがってくれたんだよ。だから、こうなったのは私のせいなんだよ。私が悪いんだよ」

私のせい。私が悪い。

その言葉は知可子の記憶の奥底に下りていき、重しをつけて沈めたものをわしづかみにして浮上しようとする。

「どうしてあなたのせいなのよ」

「わかんないけどさ。もっと俺のこと考えろ、ってよく言われた。おまえは俺のこと全然考えてない、って」

「母親よ」

「うん？」

「あなた、母親なのよ」

「なんであんたが泣くの？」

そう言われ、知可子は頬をぬぐい、濡れた手のひらをぎゅっと握りしめた。

「これからどうするの？」

「しばらくこのまま隠れてる。ほかに行くとこないし、お金も仕事もないし」

「食事は？」

「なんか適当に。カップラーメンあるし、夜中コンビニに行ったりしてるし」

「あなたは良くても子供には良くないわ」

朱実は小さく笑ったようだった。

「ほんとに、いいお母さんなんだね」

もさもさとした力ないつぶやき。伏し目がちの瞳は奇妙に静かで、腫れ上がった顔に疲労と微笑が浮かんでいる。

知可子はエプロンのポケットに入っている手紙を思い出した。こんな境遇だもの、嫉妬するのも仕方がない。そう思いながらも、ほんとうに彼女が出したのだろうかと疑問がよぎった。


自分が蔓井親子の力になりたいと心底から思っているのか、知可子にはわからない。ただ、ふたりを助けなくてはいけないという義務感があった。

あと少し隠れているつもりだと朱実は言った。夫の影が完全に消えてから、離婚の手続きをし、仕事を見つけ、子供を小学校に行かせ、普通の生活をするつもりだ、と。「一か月くらいかなあ、どう思う?」と聞かれたが、知可子には見当がつかなかった。以前見かけた男を思い出した。階段を下りていく後ろ姿と廊下に落ちていた貼り紙。あの男が朱実の夫かもしれないと思ったが、不安を煽《あお》ることになりそうで黙っていた。

一日に一回、食事を差し入れることにした。知可子は、惣菜やおにぎりなどを詰めた三段の重箱をデパートの紙袋に入れ、夜の十二時、境界壁越しに三〇二号室のベランダに置いた。隣り合った壁を、コン、コン、コン、と三回叩くのが合図だ。耳を澄ましていると、ベランダの窓をゆっくりと開閉する音が小さく聞こえた。

毎晩、波琉子が熟睡しているのを見届けてから、知可子は大急ぎで蔓井親子の食事の仕度にかかった。といっても、多めにつくった夕食のおかずを詰めるのがほとんどだったが、そのほかにウインナーやゆで玉子を添えたり、サンドイッチやいなり寿司をつくったりした。重箱の上には、知可子が焼いたクッキーやパウンドケーキのほか、バナナやヤクルトなど男児が好みそうなものを置いた。男児は、涼太という名前だった。

蔓井親子の食事をつくるのは、知可子にとって思いがけず楽しい作業となった。胸のあたりがふわりふわりとやわらかく弾むようなその心地には覚えがあった。包丁や菜箸《さいばし》を握る手、水滴のついた指、エプロンをつけた体。自分が望むものすべてを手に入れた女に感じられ、誇らしさと幸福感が体じゅうに染みわたるのだった。あれはいつのことだろう。いや、いつから感じなくなったのだろう。ふいに思いついた疑問を知可子は無理やり頭から追い払う。

翌日の夜、重箱が入った紙袋は友高家のベランダに戻されている。一段ずつ確認し、きれいに食べられていることを認めると、知可子の頬にほほえみが上った。食べ残しがなければ、洗っていないことなど気にならなかった。
蔓井親子とはあの夜以来、会うことはなかった。彼女たちの存在を知られないためには、深夜に行う重箱の受け渡しだけに留めておいたほうがいいというのが知可子の考えだった。

ある夜、重箱にメモが入っていた。

あdがとう。ごちそうさま。

涼太が書いたのだろう、たどたどしく、しかも〈り〉が鏡文字になっている。七歳なのに幼すぎないだろうかと心配になった。あの子が声を発するのを一度も聞いたことがないが、障害でもあるのだろうか。
メモをエプロンのポケットに入れ、重箱を洗う。ふと、涼太に冷やし中華を食べさせたい、と思う。しかし、十月に入ってから急に気温が下がったし、麺が伸びておいしく食べられないだろう。思いつきをあきらめると、意外なほどがっかりした。気持ちを切り替え、蔓井親子の食事の仕度に取りかかる。多めにつくった夕食のおかずのほかに、のり巻きと玉子焼きを入れようと冷蔵庫を開けかけたとき、斜め後ろに立っているパジャマ姿の波琉子に気づいた。

「どうしたの？　目が覚めちゃったの？」

十一時を過ぎた時刻だ。

「ボクは幸せにならないよ」

いきなりそんなことを言う。寝起きのはずなのに表情にも声にもぼやけたところがなく、まるで何時間も前からそう告げることを決めていたかのようだ。

「どうしたの、はるちゃん。どうしてそんなこと言うの？」

「お母さんは幸せ？」

そのとき、波琉子に見透かされた気がした。しかし、なにを見透かされたのか瞬時にわからなかった。

「もちろん幸せよ」

そう答えたと同時に、幸福感だ、と気づいた。蔓井親子の食事をつくっているときの、体の奥から心地よい湯が染み出してくる感覚。涼太がおいしそうに食べるさまを想像したときに自然と上るほほえみ。波琉子に見透かされたのではないかと緊張し、

「お母さんははるちゃんが大好きなの。大好きなはるちゃんがそばにいてくれるから幸せなのよ」

急いで続けながらも、知可子は水切りかごの重箱を気にした。なにに使うの？　と聞かれたらどう答えようかと考える。

「ボクは誰のことも好きにならない」

波琉子は言った。

知可子がその意味を考えるまもなく、

「ボクは誰のことも好きにならないから」

と繰り返した。

「お母さんのことも？」

思わず聞いた。

波琉子はわずかに眉をひそめ、耐えるような表情になった。

「お母さんとお父さんは別」

「よかった」

「でも、ほかの人は好きにならない。誰かを好きになって幸せになったりしないから」

「どうして？」

知可子は波琉子の両肩に手を置き、目の高さを合わせた。黒く澄んだ瞳は揺らぐことなく母親を見つめ返している。無意識のうちに知可子はその奥の存在を探し出そうとした。

はるちゃんはいま幸せ？

そう訊ねることがなぜかためらわれた。言葉はもやもやとした息苦しさとなって喉をふさいでいる。しかし、聞かなければならない、波琉子に「幸せ」と言わせなければならない。知可子は強い焦燥感に駆られた。

「はるちゃんは幸せよね？」

そのとき黒い瞳に怯《おび》えが走ったように見えてはっとしたが、自分が娘の両腕をきつくつかんでいるせいだと力をゆるめた。

「ねえ、はるちゃんは幸せでしょ？　お母さんと一緒にいて幸せよね？」

波琉子は小さくうなずく。

「そうよね、幸せよね。ねえ、はるちゃん、幸せってちゃんと言って」

「うん、幸せ」

「よかった」

目の前の娘に精いっぱいほほえみかけたとき、

「ってお兄ちゃんが言ってるよ」

波琉子はそう続け、母親の手から逃れた。

日曜日の午後、見知らぬ女が訪ねてきた。

三十代後半だろう、肩までの髪は黒く、紺色のワンピースとベージュのジャケットに包まれた体は太りぎみで、首の短さに目がいった。垢抜けない風貌に似合わず、百合の花弁を煮つめたようなきついにおいを放っている。

空き室について聞きたい、と彼女は告げた。

「私はなにもわかりません。そこに書いてある番号に電話するのがいいんじゃないですか」

蔓井朱実の夫に頼まれたのかもしれないと警戒した知可子は、そっけなく答えてドアを閉めようとした。スーパーから帰ったばかりで食材を冷蔵庫にしまっていないことも気にかかったし、暴力的な香水のにおいが不快でもあった。

「もちろん電話はしますけど、その前に住み心地なんかを聞きたいんです」

女はにこやかながらも食い下がる。

「普通ですよ」

「騒音トラブルなんかはありませんか？　たとえば隣とか上の物音が聞こえたりしませんか？　私、神経質な人なんですよね」

「ありません」

「けっこう古いですよね。築何年ですか？　風通しはどうですか？　環境はいいですよね。

お家賃いくらなんでしょう」

「大家さんに聞いてください」

「じゃあ、大家さんに電話してなかを見せてもらおうかな。ちょっと電話貸してもらっていいですか？」

女は、ドアのすきまにふくよかな体をねじ込もうとする。

「困りますっ」

知可子が声を荒らげると、はっと動きを止め、うなだれたふうを装った。

「ごめんなさい。見ず知らずの人に、私失礼ですよね。よく言われるんです、図々しいって。いまの彼氏にも怒られるんですよ」

この女が口にした「いまの彼氏」が、蔓井朱実の夫ということはあり得るだろうか。そう考え、すぐに否定した。だとしたら、わざわざ妻と子を探し出そうとはしないはずだ。

「じゃあ、公衆電話を探そうかな」

ひとりごとにしてははっきり言うと、知可子の背後に視線を伸ばし、

「お子さんですか？」

と笑顔になった。

振り返ると、波琉子が立っていた。

「こんにちは」

女の明るく刻むような挨拶に、こんにちは、と波琉子はつぶやきを返した。

「かわいいですね。何歳？」

女の視線はせわしなく行き来し、知可子に聞いているのか波琉子に聞いているのか見分けられない。

「じゃあ、大家さんに電話してみます。いきなりすみませんでした」

意外にもあっさり立ち去ろうとする態度に、知可子は逆に不安を覚えた。三〇二号室の様子をうかがおうとしているのではないか。かすかな物音を聞きつけるのではないか。インターホンをしつこく鳴らし、蔓井親子を怯えさせるのではないか。

女が階段を下りるのを見届けようと、知可子は玄関を出た。ほんとうに電話をするつもりだろうか、女は三〇二号室の前に立ち、貼り紙の電話番号を手帳に写していた。

「空き室だからすぐ入居できますよね」

知可子に笑いかけ、手帳をバッグにしまった。

女が辞去したあとも廊下には百合に似たにおいが残っていた。その残り香になぜか覚えがある気がして、知可子の不安が濃くなった。

その夜、重箱のふたにメモを貼った。

今日、変な女の人が訪ねてきました。あなたたちのことを嗅ぎまわっているようです。大家さんに電話をすると言っていました。十分気をつけて。


いきなり訪ねてきた女のことはずっと気にかかっていた。

香水のにおいをどこかで嗅いだ気がしたのは、あの女が蔓井親子を探るために以前にもこのマンションを訪ねたからではないか。そう思えてならなかった。なにか良くないことが、蛇が地面を這うようなかそけき音とともに近づいてくる予感がした。

知可子の不安は現実になった。

いつものように夜の十二時、重箱を入れた紙袋を隣のベランダに置いた知可子は、隣り合う壁をコン、コン、コン、と三度叩いた。

その直後、激しい音がした。隣室のベランダの窓がガタガタッと鳴り、荒々しい足音と重たいものを投げつける音が響いた。壁と床から伝わった振動が知可子の皮膚に鳥肌を立たせ、しばらくのあいだ動けなかった。これだけの物音をたてながら怒鳴り声も叫び声もしないのが不気味だった。

壁がダンッと鳴り、余韻が空気を震わせる。ばたつく足音が聞こえ、また壁が衝撃を受ける。

知可子は三〇二号室のインターホンを押し、ドアを叩いた。物音はやんでいるが、ドア越しに息をひそめた人間の気配が感じられた。

部屋に戻り、ベランダに出た。柵を乗り越え、隣に移る。

守らなくては——。

知可子を突き動かすその思いは強くまっすぐで、迷いがなかった。しかしその反面、もう手遅れなのではないかという気もするのだった。

床に横たわる涼太が浮かび、それは公衆トイレに捨てられた男児にすり変わり、やがて青白い顔が迫ってきた。二度と動くことのない真っ黒いまつ毛、開いたくちびると紫色の舌、凍りついたように固まった頰。遠くなりかけた意識を、知可子は力ずくで引き戻す。

ベランダから部屋に入った途端、強烈なにおいが鼻を刺した。そのにおいが灯油だと気づいたのと、床に倒れた人影を認めたのは、ほとんど同時だった。

「助けて」

暗がりから声がした。

「おばさん、助けて」

苦しげな男の子の声。

——お母さーん、助けて、お母さーん。

自分を呼ぶその声を聞いたのはいつだっただろう。鼓膜の底に張りついている叫び声は現実のものか、それとも空想がつくりだしたものだろうか。

床の上の人影が動き、形を変えた。三人が重なり合っていた。いちばん下に涼太、涼太を包み込むように朱実がうつぶせになり、その上に男が馬乗りになっている。

悲鳴をあげた。つもりだったが、掠《かす》れて声にならず、ひいひいと喉が鳴るだけだ。ふいに灯油のにおいが強く立ち昇り、知可子は我に返った。

「はるちゃんっ」壁を隔てた娘に叫んだ。「逃げてっ。早く逃げるのよっ」

そのとき、重なり合った影から涼太が飛び出した。

「殺すぞ」

凄《すご》んだ声に、涼太が立ち止まる。

「逃げたらおまえの母さんに火つけるぞ」

インターホンが鳴った。波琉子だろうか、マンションの住人だろうか、立て続けに響く。

一瞬のすきをつき、朱実が男をはねのけた。立ち上がり、かたわらにあったものを持ち上げる。立ち込める刺激臭とこぼこぼと液体がこぼれる音。朱実が自分に灯油をかけているのだと知った。

朱実が男に飛びかかり、ふたりはもつれて倒れた。

「早く逃げな。涼太、逃げんだよ」

朱実の荒い声に、しかし涼太は突っ立ったままだ。

知可子は倒れ込んだふたりの横を駆け抜けた。灯油で足が滑り、転びそうになりながらも玄関のドアを開けた。立っていたのは下の階に住む初老の男、その背後に波琉子がいた。

「ここ空き室じゃないの？　さっきからすごくうるさいんだけど」

迷惑げに告げた男が異様な雰囲気を察し、息をのむ。

「警察っ。警察を呼んでください。それから消防車も」

知可子の言葉に男は駆け出した。

「はるちゃん、早く逃げて。火事になるかもしれない。早く、早く逃げてっ」

波琉子の肩を押したとき、床に何かを叩きつける音が響いた。知可子は壁に手を這わせ、玄関の電気をつけた。

男が朱実の首を絞めている。仰向けになった朱実の片手が、なにかを求めるように床の上でばたついている。その先にライターが落ちているのが目に入り、自分と夫に火をつけようとしているのだとわかった。弱い明かりがふたりの輪郭を照らし、ベランダを背に立つ涼太は濃い灰色に塗られている。

「逃げなさいっ」

知可子の声に、立ち尽くす影がびくっと跳ねた。

涼太は向きを変え、ベランダへと走り出した。ちがう、そっちじゃない。声にならなかった。

男が立ち上がり、足にしがみついた朱実を蹴りつけた。

追いつめられた涼太がベランダの柵を乗り越え、体のバランスを大きく崩す。両手が柵から離れるさまがスローモーションで見え、知可子は悲鳴をあげた。

涼太は、宙にぶら下がっていた。トレーナーの裾が柵にひっかかり、隣のベランダに移ることも、部屋に戻ることもできず、両手をばたつかせている。

知可子は駆け出した。

子供を守らなくてはならない——。

頭上から落ちてきた声を確かに聞いた。

柵に生け捕られた涼太を背後から抱きしめる。その途端、男児を懐に抱えたまま別の次元へと飛ばされた。しっくりと馴染む小ささと頼りなさ、尖った関節、甘い息、汗のにおい。

抱きしめているはずなのに抱きしめられている心地がし、腹の底がじんと痺《しび》れた。

背中に衝撃を受けたが、知可子の体は男児から離れなかった。

すぐ耳もとで荒々しい声が聞こえ、ぬるりと濡れた手が知可子と男児を引き離そうとする。知可子は目をきつくつぶっていた。どんなに激しい力が作用しても、自分の両手は男児から離れないという確信があった。

ぎゃっ、と男が悲鳴をあげ、知可子から手を放した。

目を開けて首をねじると、男は自分の肩を押さえ、前のめりになっていた。その背後に、両手で包丁を持った朱実が立っている。

「いてーよ」

不気味に低い声に怯《ひる》んだのか、朱実がベランダの向こうへと慌てて包丁を放り投げた。

「そうかよ、そういうことかよ」

男の両手が朱実の首にかかり、そのまま押し倒した。うおーっ、と男の咆哮《ほうこう》が響く。

朱実が殺されることを予感したが、彼女を助けようという考えは生まれず、むしろ殺されても仕方がないと思えた。

守らなくては——。

その声は頭のてっぺんをとおり、胸をすり抜け、腹に落ちた。子供を守らなくてはならない、と知可子はつぶやき、床に倒れたふたりから顔をそむけて再び目を閉じた。だって母親

「てめえ、この」

なのだから。母親が子供を守るために死ぬのはあたりまえのことなのだから。

「お母さん」

懐から男児の声が聞こえた。知可子の右手をつかむ小さな手。その手を握り返した瞬間、守らなくては、という祈りにも似た強い決意が、届けたい人に届いたのを感じた。血のつながりはすごいと思う。ただわかるのだ。通じ合えるのだ。現実を超えた場所で、五感より確かな感覚で、つながることができる。

重なった靴音と怒声が聞こえ、いくつもの手が知可子と男児を後ろへと引っ張った。

「大丈夫ですか?」「怪我《けが》はありませんか?」「ボク、大丈夫か?」「痛いところはないか?」

「救急車、救急車はまだかっ」

目を開けると、数人の警察官に囲まれていた。右手はまだ男児とつながったままだ。

ふと、空気をつんざくサイレンが耳に飛び込んできたが、さっきから聞こえていた気もした。パトカーの回転灯がベランダに赤い色を投げかけている。サイレンのすきまを縫って、マンションの前にいる人々のざわめきが届いた。母親失格だと言う人がいるのだろうか。こんな母親のもとに生まれてきたから子供がひどい目に遭うのだ、と。

「知らないくせに」知可子からつぶやきが漏れた。「なにも知らないくせに」

知可子の脳裏には、自らに火をつけようとした母親の姿が焼きついていた。

警察官に促されベランダから部屋に入ると、男と朱実はすでにいなかった。

玄関に波琉子が立っている。一部始終を見ていたのだろうか、輝きをため込んだ黒い瞳は、男児とつながった知可子の右手に向けられていた。

3
幸せな妻

なぜいままで気づかなかったのか、知可子は自分の愚かさに呆れた。四通目の手紙が届いたところだった。

はりぼての家庭はもうすぐ崩壊します。

この手紙は、蔓井朱実からのものではない。
知可子は電話台のひきだしから数枚のメモを取り出した。

こわいよ。気をつける。

見知らぬ女が訪ねてきた夜、知可子が重箱のふたに貼ったメモの返事だ。右下がりの角張ったか細い文字は、手紙の筆跡とはまるでちがった。
朱実からのメモはこの一枚だけで、あとの三枚は涼太が書いたものだ。

あGがとう。ごちそうさま。

すべて同じ文面で、「り」が鏡文字であることも変わらない。

あの事件から二か月がたつ。

知可子の右手にはあのときの小さな手の感触が刻まれ、耳奥には、お母さん、というささやきが残っている。

蔓井朱実と涼太が、いまどこで暮らしているのか知可子は知らない。事件の目撃者として事情聴取を受けた際、夫を刺した朱実には最悪の場合でも執行猶予がつくだろうと聞かされただけだ。知可子が恐れたのはあの男が仕返しに来ることだったが、蔓井芳春《よしはる》には二度の前科があり、十年以上の実刑判決を受けることはまちがいないと説明された。

どのみち三月には夫が単身赴任先から戻り、このマンションを引き払うのだ。

知可子は封筒を手に取った。こんな手紙のくせにきちんと〈様〉と書いてあることに急におかしみを覚えた。意識してほほえもうとしたら、頭のなかで合致するものがあった。視線が、6が三つつく郵便番号の上に定まる。ℓを逆さまにしたような崩れた6の文字に覚えがあった。ふいに、百合の花弁を煮つめたようなにおいが立ち昇る。

あの女だ、と思いつく。空き室について聞きたいといきなり訪ねてきた小太りの女。彼女が手帳に書き写した大家の電話番号が見えたとき、6の文字にうっすらとしたひっかかりを覚えはしなかっただろうか。

知可子は手紙に鼻先をつけた。ああ、と声が漏れた。あのとき香水のにおいに覚えがある気がしたのはこういうことだったのか。

「そう。そういうこと」

怒りも悲しみもこみ上げてはこず、ひんやりと静かで捉えどころのない心地だった。

波琉子が九歳になる三月十五日は日曜日だった。

引っ越しを一週間後に控え、居間の壁際に段ボールが積み上げられている。それでも知可子はケーキを焼き、いちごと生クリームとチョコレートシロップで飾りつけた。そこに何本ろうそくを立てるか、数日前から迷っているが心はまだ決まっていない。

夫が帰ってきたのは夕方だった。二か月半ぶりの帰宅だ。

「おかえりなさい」

玄関で知可子が迎えると、夫は「ああ、ただいま。疲れたよ」とさりげなく目をそらした。

単身赴任先のアパートには百合のにおいがこもっているのだろう、と知可子は思う。においに慣れすぎ、鼻が麻痺してしまったのだろう。だから夫は、自分からうっすらと立ち昇るにおいに気づいていないのだ。

「いいにおいね」

「え？」

夫の瞳が揺らぐ。

「ほら、ケーキのにおい。いいにおいでしょう？」

知可子が笑いかけると、夫もつられて笑みを張りつけ「ほんとだな」と鼻の穴を広げておどけた。

「お父さんはなにか食べたいものない？　マグロとヒラメのお刺身は買ってあるし、鶏の唐揚げはつくるけど」

「それで十分だよ」

洗濯物が入ったボストンバッグを受け取り、知可子は洗面所に行った。ファスナーを開けると百合のほのかなにおいが流れ出し、自分の予想が当たっていることにおかしくなる。においの源は青いチェックのパジャマだった。パジャマ、下着、靴下、Tシャツ、タオルを洗濯機に放り込むと、ボストンバッグの底に白い封筒が残った。〈幸せな奥様へ〉とある。丸みのある筆跡はまちがいなく四通の手紙と同じだった。こんな手紙を仕込まれたことにも気づかない夫の鈍さにおかしみが増す。

知可子は開封することなく洗面所のごみ箱に捨てた。

「お父さん、おかえりなさい」

波琉子の声が聞こえた。

「ただいま。元気だったか?」

夫の声。

「うん。元気だった」

「お誕生日おめでとう、波琉子」

「ありがとう、お父さん」

完璧な巣、と知可子は思う。香水のにおいくらいじゃこの巣は壊れない。なにがあっても自分たちは守られるのだ。

知可子はほほえみを新しくして居間に行った。

「今日でいくつになったのかな?」

笑顔の夫が波琉子をのぞき込む。

「十六歳」波琉子は真顔で答える。「お兄ちゃんは十六歳になった」

「ちがうよ、波琉子。九歳だよ。波琉子は九歳になったんだよ」

波琉子は思いつめた表情で父親を見つめ返している。

「お兄ちゃんは十六歳」

「波琉子。お父さんは波琉子のことを聞いてるんだよ」

「お兄ちゃんは十六歳、お兄ちゃんは十六歳、お兄ちゃんは十六歳、お兄ちゃんは十六歳、お兄ちゃんは十六歳、お兄ちゃんは十六歳……」

「おい、波琉子」

父親の声が聞こえないのか、波琉子は宙の一点を見据えたまま壊れた人形のように繰り返す。

「そうね。お兄ちゃんは十六歳ね」

そうつぶやいた知可子は、十六歳になった波琉を鮮明に思い描けないことに気づいた。右手に小さな手の感触がよみがえり、無意識のうちに握りしめる。

知可子は娘の両肩をつかみ、腰をかがめて目の高さを合わせた。真っ黒な瞳の奥にひそむ存在を見つけられるだろうか、と考えながら。

第二章

4

鬼の息子

あえて見なかった携帯を、田尻成彦《たじりなるひこ》が確認したのはアパートに帰ってからだった。エアコンをつけ、温風が噴き出すまでのあいだ、ダウンジャケットを着たまま電気ストーブの前に正座する。ひと息つき、ようやくショルダーバッグの外ポケットから携帯を取り出した。

予想どおりだった。メールが一件と着信が二件、いずれも長谷川芳乃《はせがわよしの》からだ。メールには仕事が終わったら連絡がほしいとあり、一時間前に送信されている。着信はその十分前と、ついさっきだ。

仕事中にも芳乃からメールがあった。〈今日、一緒に晩ごはん食べない？　仕事、何時ごろ終わりそう？　連絡してね！〉。成彦は連絡しなかった。自らすすんで残業をし、アパートの最寄り駅近くの中華料理屋で瓶ビールと肉野菜炒め定食の夕食をとった。帰宅したいまは、十一時十一分だ。

〈ごめん。メールも電話も気づかなかった。いま帰ったところです。〉

メールを送信すると、すぐに電話の着信音が鳴った。

「ひどーい」

と、芳乃はまず言った。

「ごめんごめん」

あやまりながらも、自分の口調がまったく申し訳なさそうではないことに成彦は気づいていた。

「忙しかったの？」

「うん、ばたばたしてた」

「そっか。お疲れさま。ごはんは？　食べた？」

「いや、まだ」

オイスターソースのにおいがするげっぷを堪え、成彦は短く答えた。ごう、と年代物のエアコンが音をたてて風を放出しはじめたが、暖かさはすぐには感じられない。

「私もまだ食べてない。誰かさんが連絡くれなかったせいで食べ損ねちゃった。もうお腹すいて死にそう」

笑いをまぶしたいたずらっぽい声に、嘘をついたことを後悔した。終電までまだ時間がある。いまからここに来て一緒に食事をすると言い出さないかと警戒したが、風呂上がりらしい芳乃は「おやすみ。風邪ひかないでね」とあっさり電話を切った。

このアパートでよかった、と成彦は思った。もし小ぎれいなマンションに住んでいたら、芳乃は泊まりに来たかもしれない。風呂とトイレが共同で、壁の薄いこの金星荘に芳乃が泊まったのは一度だけだ。つきあいはじめたころの彼女は、新聞社に勤めている成彦がなぜ一九八〇年代に建てられた古い木造アパートに住んでいるのか不思議がり、もっとまともなマンションに移るよう何度も勧めた。が、たいていのことに折れる成彦ではあったが、引っ越しに関しては拒み続けた。金星荘には大学三、四年のときにも住んでいた。就職と同時に地方へ赴任し、その一年後、東京に戻ってきたときは1DKの鉄筋マンションを選んだが、東日本大震災の年に舞い戻ってきたのは人恋しさとなつかしさによるものだった。

築三十年の金星荘には一階に三部屋、二階に四部屋あり、いずれも八畳の和室に二間ほどの台所がついている。トイレと洗面所は一階と二階にひとつずつ、風呂と洗濯場は一階の奥にある。黴《かび》くささや湿っぽさはあるものの、同じ敷地に住む大家がまめに掃除をしているため、築年数のわりには清潔に保たれている。成彦は二階の奥から二番目だ。大学生のときも同じ部屋だった。

しかしもうじき金星荘を出なくてはならないだろう、芳乃と結婚することになるのだから。結婚するのは自分なのに、成彦には他人事にしか思えない。そもそも、どうして結婚することになったのかよくわからないのだった。芳乃の言い分――たとえば彼女が成彦より六つ年上であること、子供をつくるなら少しでも早いほうがいいこと、不摂生な生活をする成彦には健康管理をする伴侶が必要であること、ふたりとも落ち着いた生活をするべき年齢であることなどを聞いているうちに、いつのまにか結婚の約束をさせられていた。成彦が彼女の話にいちいちうなずいたのは同意したからではなく、相づちを打つ気安さからだった。しかし、そう言い出せないでいるうちに、彼女は成彦の手をつかみ結婚へと向かって猛スピードで走り出した。十日前のことだ。

成彦は途方に暮れている。その反面、結婚なんてこんなものなのかもしれないとあきらめの心境でもある。

ようやくエアコンの風が温かくなり、ダウンジャケットを脱いで部屋着に着替えた。風呂に入ろうと廊下に出ると、左隣の部屋から丹前を着た中江《なかえ》が現れた。「おお、なるちゃん」と目を細め、眠たげな声を出す。

「こんばんは」

「いま帰り？　これから風呂かい」

「はい」

「俺は便所。やっぱり前立腺が悪いんだなあ。二、三時間おきにしょんべんだよ。なのに出が悪くてさ。ちっとも寝れないっつうの。そのうちガキに戻って寝小便するんじゃねえの」

中江は掠れた笑い声を漏らした。

「そうなったら僕が布団干してあげますよ」

成彦は言い終わってすぐ、もうじきここを出るのだと我に返った。

「頼りにしてるよ、なるちゃん」

「中江さん、あさって僕休みなんで飲みませんか？」

反射的に誘ったのは、後ろめたさが混じってのことだった。

「お、いいね。じゃ、あさってな」

並びの悪い歯をにっと見せ、中江は片手を上げながらトイレに歩いていった。

七十過ぎの中江は、金星荘に住んで十年以上になる。中江以外にも、十年以上住み続けている入居者はふたりいて、彼らに共通するのは定職を持っていないことだった。そういったことも芳乃に言わせると「どうしてなる君がこんなアパートに住むのか理解できない」となった。

風呂から戻ると、部屋はそれなりに暖まっていた。テレビでもつけようかと一瞬思うが、目の奥に鈍痛を感じ、やめにする。押入れから出した布団を敷いているとき、ふと、あの夢をみそうだ、と思った。無意識のうちに立ち昇った嫌な予感は、振り払おうとすればするほど確固たる意志を持ってしがみつき、もう逃げられないと成彦をあきらめさせる。

鬼の夢だ。

恐ろしい形相をした赤鬼。

すぐ目の前にいる。つり上がった充血した目。引き裂かれた口。乱れた黒髪。熱く荒い息。おまえを食う、おまえを殺す、と無言の怨念が聞こえる。

成彦は叫んだ。が、金魚のように口がぱかぱか開くばかりで声にならない。そこで目が覚めた。

鼓動が速く、胸が苦しい。背中に冷たい汗が張りつき、うめき声を漏らした感覚が喉に残っている。やっぱりみたか、と思うと、三十近くにもなって鬼に怯える自分が滑稽だった。

何年もみずに済んでいた悪夢を再びみるようになったのは、結婚の約束をした十日前からだ。これが偶然なのか、それとも理由があるのか断言はできなかったが、おそらく後者だろうと成彦は思っている。

赤鬼は、成彦の最初の記憶だ。

恐ろしい形相で睨《ね》めつけた赤鬼は、そのあと成彦の首を絞め、思い切り投げ飛ばした。それが自分の母親だと知ったのは数年後のことだった。

中江と飲みに出かけるのは久しぶりだった。

新聞社に勤めてはいても成彦に取材経験は一年しかなく、現在は編集本部に在籍している。

記者からあがってきた原稿に見出しをつけ紙面をレイアウトする、ベテラン社員には「タコ部屋」とも呼ばれる部署で、自分から望んで異動した成彦は変わり者扱いされている。朝刊と夕刊の勤務ダイヤが組まれ、朝刊担当だと仕事が終わるのは午前一時過ぎ、夕刊だと夕方から夜の九時ごろになるため、早寝早起きの中江と時間が合うのは成彦の休みの日だけだ。

「なるちゃんと飲むの久しぶりだなあ」

駅前の焼鳥屋のカウンターで、中江はそう言って笑った。

「僕もいま、中江さんと飲むの久しぶりだなって思ってたところですよ」

「いつぶりだ？」

「正月以来です」

「ああ、そうだ。なるちゃんのおごりで新年会したんだったな」

「そうですそうです」

金星荘の入居者のうち、年末年始に里帰りしたのはふたりの大学生のみだった。残りの五人のうち、成彦と中江、そして一階に住む四十代の松永《まつなが》の三人で二日の夕方から居酒屋に行き、早々に酔いつぶれた中江を成彦がおぶって帰ったのだった。

中江はビールのグラスを持ったまま、改まるようにして成彦に顔を向けた。

「しっかし、なるちゃんはでかい図体して相変わらずちんまりしてるよなあ」

がらがらと大きな声に何人かの視線が集まり、成彦はさらに体を縮こまらせた。身長一八二センチ、体重九十六キロの成彦は、熊のようだとよく形容される。「クマちゃん」やら「プーさん」やらとからかわれたり、芳乃には「もっと堂々としなさいよ」「なんでそんなに小さくなってるのよ」と注意されたりもする。

「にいちゃん、熱燗《あつかん》ちょうだい」

スタッフに大声で告げた中江に続き、「あ、僕も」と成彦は小さく手を上げた。

焼鳥の盛り合わせ、もつ煮込み、煮込み豆腐、ポテトサラダ、厚揚げ、板わさ。成彦の勘定だと知っている中江は安心しきって運ばれてきた料理を口に運ぶ。「ほら、なるちゃんも食べなよ」と形ばかり言うが、成彦が食べようが食べまいが気にはならない様子だ。

大学生のときは、よく中江に酒を飲ませてもらった。成彦に酒を教えたのは中江といっていいだろう。成彦がそれまで住んでいた下宿を出て、金星荘に越したのは大学三年生のときだった。引っ越しの翌日、隣室の中江がドアをノックし、「にいちゃん、引っ越し祝いに酒でも飲もうや」と言ったのだった。中江の部屋で、するめや柿の種をつまみに日本酒を飲んだ。途中から一階の住人である松永も加わった。それまで成彦は、口をつける程度しか酒を飲んだことがなかった。なんとなく酒とは無縁のような気がしていたのだったが、その日、自分が酒豪であることを知らされた。いくらでも飲めるのだった。いくら飲んでも大丈夫なのだった。ろれつがまわらなくなることも眠くなることもなかったし、激しい感情が突き上げることもなければ、涙もろくなることもなかった。ただ、腹の底に小さな火がともったようになった。その温かさが体じゅうに行きわたり、やがて染みるような幸福感へと変わった。

「なるちゃん、いくつになったよ」

酒にのまれるタイプの中江はすでに赤ら顔で、くちびるの端には唾がこびりついている。

「今年三十になります」

「三十かあ。俺に息子がいたらなるちゃんくらいの歳かもなあ」

それは酔っ払ったときの決まり文句だったが、成彦はお猪口《ちょこ》に口をつけ、「そうですね」と丁寧に答えた。

「母ちゃんがあんなことにならなければ、俺だっていまごろもっとまともな生活してただろうに。せめて子供がいればさ。あのときほど子供をつくっときゃよかったって思ったことはないね」

酒を飲むたびに繰り返される話ではあるが、成彦はいつもはじめて聞くふうを装う。

中江の妻は十年以上前に亡くなった。亡くなるまでの数年間、若年性アルツハイマーを患い、最後の一年は仕事を辞めた中江が自宅でつきっきりの介護をしたが、徘徊《はいかい》を繰り返した挙句、凍死したらしい。

「正直、あんときゃ早く死んでほしいって思ったもんなあ」

そう言って中江はすすり泣き、あー湿っぽくっていけねえな、と目をこすった。

「俺にもなるちゃんみたいな息子がいればな」

赤い目で笑いかけた中江に、成彦はほほえみを返した。こういうとき、芳乃をはじめとする女たちには「笑ってごまかさないでなんか言いなさいよ」と叱られたものだが、中江は満足そうに小さくうなずくばかりだ。

「なるちゃんはまだ結婚しないのかい？」

「しないですね」

とっさに答えた自分にうろたえた。言葉にしたことで、それが自分の本心だと突きつけられた気がした。

結婚の約束が決定的となったのはおそらく、今年じゅうには結婚したいね、と言った芳乃に曖昧にほほえみ、嫌なの？　と聞かれ、嫌じゃないけど、とつい答えてしまったことだ。じゃあ決まりね、と芳乃は手を打つような口調で締めくくり、彼女の言葉どおりそれで決まってしまったのだ。

「なるちゃんが結婚するときは、俺がスピーチしてやるからな」

酔いがまわった中江の首がぐらんぐらんと揺れる。中江さんも歳をとったな、と思った成彦の胸に、さびしさとかすかな満足感が生まれた。さびしさは中江が歳をとったことへのもので、満足感はそれをさびしく思える自分へのものだった。

酔いつぶれた中江を抱きかかえるようにして金星荘に帰った。中江の部屋に入り、万年床になっている薄く湿った布団に中江を横たえてから、成彦は自室に戻った。まだ八時を過ぎたばかりだ。パソコンデスクの上に置いていった携帯をチェックすると、芳乃からメールが届いていた。

〈お仕事、お疲れさま！　今日は何時ごろ終わりそう？　そろそろ会いたいね。連絡ください。〉

絵文字がちりばめられたメールに後ろめたさを覚えたのは、今日が休みなのを彼女には伝えていないことと、結婚はしないとついさっき中江に言ってしまったことが頭にあるからだ。明日から四日間、朝刊担当になるため夕方から深夜まで拘束される。外資系化粧品メーカーの美容部員をしている芳乃とは、次の休日まで会えない。

携帯の返信ボタンの上に太い親指をかざして長考したのち、成彦はメールを返した。

成彦にしては珍しく待ち合わせ時刻より十分ほど遅れてしまったのは、焼鳥屋のにおいを消すためにシャワーを浴びたからだった。

　創作料理屋のテーブル席で冷酒を飲んでいる芳乃を見つけ、ほっとした。ブレスケアを飲み、丁寧に歯を磨いたものの、息が酒くさいのではないかと心配だったが、芳乃も飲んでいるのであればごまかせるかもしれない。そう安堵した成彦に、

「あれ、飲んできたの？」

　と、芳乃は訊ねた。

「あ、うん、会社で缶ビールを、一本だけ」

　嘘を言い慣れない成彦はしどろもどろになる。

「なに飲む？」

　芳乃はメニューを差し出した。

「芳乃さんはなに飲んでるの？」

　私はこれ、と人差し指が差した文字を確認せず、「じゃあ、俺も同じの」と言った成彦を芳乃はじっと見つめ、「あのさ」とため息と一緒に吐き出した。

「なる君は、なる君が飲みたいのを飲めばいいんだよ」

「あ、うん」

「合わせなくてもいいんだよ」

「あ、うん。でも、それが飲みたいから」

と、芳乃がなにを飲んでいるのか知らないまま成彦は答えた。

芳乃はまたため息を漏らしたが、そこには笑いが混じっていた。

「そういうとこもなる君らしいね」

仕事帰りの芳乃はまぶたをきらめかせ、まつ毛は長く漆黒で、鼻筋が妙に際立って見える。

「どうする？」

と、主語や目的語をはぶき、芳乃が聞いてきたのは、運ばれてきた料理にひととおり手をつけてからだった。伏し目がちに箸を動かすさまは、さりげなさを装っているように見えた。

「なにが？」

里芋を咀嚼《そしゃく》しながら成彦もまたさりげなさを意識する。

「なにとぼけてるのよ」

睨むような上目づかいだが、本気で怒っていないことはわかる。

「決めなきゃならないことがたくさんあるのよ」

「うん」

成彦は芳乃の視線をまっすぐに受けることができない。里芋をしつこく噛みながら、結婚しないと中江に告げた数時間前の自分を思い出していた。

「怒らないから正直に答えてね。私と結婚するのが嫌なの？」

「嫌じゃないけど」

ほとんど条件反射で返答し、このあいだの会話を繰り返していることに気づく。

「じゃあ、するってことでいいの？」

「あ、うん」

と、成彦は同じあやまちを繰り返した。

芳乃はバッグから手帳を取り出し、「やらなきゃならないこと」と読み上げるように告げた。

「まず、親への挨拶」

成彦を試すような視線だ。その視線の強さに負けた成彦がうなずくと、芳乃は手帳にペンを走らせた。おそらく声にした「親への挨拶」を文字にしているのだろう。

「それから式はどうする？」

うーん、と成彦が声を出したのは考えているからではなく、単なる時間稼ぎだった。しかし、時間を稼いでどうしたいのかが自分でもわからなかった。

「私は別にしなくていいよ。なる君もいいよね？」

「あ、うん」

「じゃあ籍だけ入れればいいから、すぐできちゃうね」

無言の成彦に頓着せず、芳乃は続ける。

「あと、絶対にしなきゃならないのは新居探し。なる君が通勤しやすいところでいいわよ」

芳乃は手帳になにか書きつけながら「どこがいい？　丸ノ内線？　千代田線？　日比谷線もありよね。思い切って下町のほうに行くのもおもしろいかも」と、そこで手を止めた。

「ねえ、希望はないの？」

「希望」

成彦は無意識のうちに復唱し、芳乃の視線から逃れるためにセロリの漬物に箸を伸ばす。

「電車一本で通えるところがいいでしょう？　私はどこでもいいわよ。子供ができたら仕事は辞めるつもりだから。いいよね？」

「あ、うん」

芳乃はにっと笑い、

「あ、うん」

と真似た。

「え？」

「なる君の口癖。あ、うん」

あ、と開きかけた口を慌ててつぐむ。

「いつも、あ、うん、ばっかり。そういうところもなる君のいいところかもしれないけど、もうちょっとしっかりしてほしいな。来年には父親になるかもしれないんだから」

「えっ」

セロリのかけらが口から飛び出し、成彦は口もとを押さえる。

「なにうろたえてるのよ。あたりまえでしょ、家族になるんだから」

芳乃は笑い出したが、成彦はいつものように合わせて笑うことができなかった。

家族になる――。

なぜいままでこんなあたりまえのことに気づかなかったのだろう。結婚すれば家族になるのだ、否応《いやおう》なしに。

「大丈夫？　ほんとにしっかりしてよ」

成彦をのぞき込む芳乃をきれいだと思う。自分にはもったいないとも思うし、失いたくないとも思う。彼女の喜ぶことをしたい、彼女の願いを叶えたい、彼女の力になりたい。その気持ちに嘘はない。ないはずだ。

「まず、うちの両親でいい？」

改まった声音にはっとして目を上げた。

「だから、挨拶。なる君、来てくれるでしょう？」

「あ、うん」

また口癖が出たことに気づいたが、芳乃は指摘しなかった。

「なる君の家族は？」芳乃は整った眉をわずかにひそめた。「なる君はどうするつもり？どうしたいの？」

別に、と成彦はつぶやいた。

「別に？」

芳乃がつぶやきを拾い、ふたりのあいだに置く。

「別にどうするつもりもないよ。報告するような家族はいないし」

そう、と小さく答え、芳乃は厚焼き玉子に箸を伸ばした。ゆっくりと咀嚼し、今度は里芋の煮物を慎重につまみ上げる。

芳乃には、家族のことを話してある。外面的なことはほとんどすべて。だから彼女は、現在の成彦には結婚を報告すべき家族がいないことを承知したうえで、ほんとうにそれでいいのか念を押したのだ。

「いつにする？」

里芋を飲み込んだ芳乃がタイミングを見計らったように口を開いた。

「え？」

「うちの親への挨拶。なる君いつ来てくれる？　次の休みはどうかな」

「ちょっと待ってくれるかな」

ひと息で告げた。続きを促す芳乃のまなざしに力づけられ、

「いろいろ考えてみたいんだ」

と、言葉をつないだ。


行方知れずの家族を探す方法はとうに調べてある。

五年前に死んだ父親の除籍簿と原戸籍を取り寄せることで、別れた母親の本籍地や現住所を辿ることができる。母親の所在がわかれば、姉についても知ることができるはずだ。

いままで行動に移さなかったのは、その必要性がなかったからだ。いまがそのときなのだろうか、と考えるが答えは出ず、調べてどうするのだという疑問にぶつかるだけだ。

渋谷駅で芳乃を見送り、最終のひとつ前の電車で帰ってきたところだ。

面倒なので風呂には入らず、布団の上にあぐらをかいている。薄い壁越しに、咳き込む音が聞こえてくる。ここ数か月で中江の咳き込みがひどくなった気がする。

ほぼ一日じゅう部屋にいて、酒を飲んだり寝たりテレビを眺めたりしている中江の暮らしぶりを目の当たりにした大学生のとき、これが自分の将来の姿かもしれないと成彦は思った。

妻を失った中江には、家族や親戚どころか友人もいないようだった。自分もこの男のようになるのだろう、とほとんど直感のような鋭さで思ったのだった。

それなのに結婚する。夫になり、父親になり、家族になる。成彦にはそうなった自分の姿が想像できない。

赤鬼の夢をみそうだ、と確信めいた予感を振り払おうとしたら、なぜか芳乃の顔が浮かび、うろたえた成彦は無意識のうちに立ち上がっていた。


赤鬼――。

成彦の最初の記憶は二、三歳のものだろう。

あのとき、自分がなにをしたのかは覚えていない。しかし、なにか良くないことをしたせいで、鬼の形相をした母親に首を絞められ、投げ飛ばされたのだろう。そう納得しようとしてきたが、ほんとうにそうなのだろうかとの疑念をぬぐい去ることができない。

成彦は北関東のT市で生まれた。

風が強いまちだった。特に秋から冬にかけては、県の北側に連なるこげ茶色の山々から空気を切り裂く冷たい風が吹きつけた。

自分が母親に疎まれていることは、物心がついたころから感じていた。が、それを直視し認められるようになったのは、母親と離ればなれになってからだった。

お母さん、と声にするとき、緊張と不安と恐れ、そして糸のように細い期待でいつも胸が苦しくなった。お母さん、と成彦はきまって丁寧に声にした。しかし、息子の呼びかけに母親が声を出して応えることはほとんどなく、面倒そうな視線を向ければまだいいほうだった。

「お母さん、成彦が呼んでるよ」

姉の秋絵がよく言ってくれた。すると、母親はぱっと秋絵を振り返り、「いいのいいの。秋絵はそんなこと気にしなくていいのよ」と猫撫で声で告げた。

建築会社を経営する父親、専業主婦の母親、四つ上の姉の四人家族だった。成彦は一歳になる前から保育園に預けられた。父親が会社に出かけるとすぐに保育園に連れていかれ、母親が迎えに来るのは五時か六時だった。それが小学校に入るまで続いた。母親が専業主婦だと保育園に通えないと知ったのは数年がたってからだった。おそらく父親の会社の役員として名だけ連ねていたのだろうが、母親がそこまでして息子の自分を遠ざけたかった理由がわからないのだった。ほんとうの子供ではないのだろうと何百回も思った。悪魔の子かもしれないとも思ったし、狼男のような怪物の子かもしれないとも思った。保育園で一日じゅう鏡を見ていたこともある。恐ろしく醜い顔をしているのではないか、性格の悪さが顔に現れているのではないか、普通の人とちがう造作をしているのではないか、と母親に疎まれる理由を鏡のなかに見出そうとした。唯一思い当たったのは左のこめかみの赤い小さな痣だったが、成長するにつれて薄れ、気がついたときにはすっかり消えていた。

　母親はたいてい成彦につらくあたったが、ときに泣きながら赦《ゆる》しを乞うたり、恐怖に支配されたまなざしを向けることがあった。

　五歳になった成彦がおたふく風邪にかかったときのことだ。成彦は二階の自室で寝ていた。母親はときおり様子を見に来てくれたが、姉が寝込んだときのようにつきっきりで看病してはくれなかった。ベッドの上で感じる世界は奇妙に静まり返り、どこか遠くの場所に置き去りにされたようだった。強い風の音が静けさを際立たせ、ここにいることを忘れられたのではないか、このまま見捨てられるのではないか、と不安になった。

　ベッドの上で体を起こすとめまいがした。後頭部がずうんと重く、まるで熱い砂が入っているようだった。喉が渇いていた。すりおろしたりんごが食べたかった。姉にするように、母親にひと口ずつスプーンで食べさせてほしかった。サイドテーブルに水差しとコップがあったが、それを飲んだらりんごのすりおろしを口にするチャンスがなくなる気がして我慢した。居間に下りていくことをためらったのは、母親が現れて声をかけてくれるのを待ちたかったからだ。しかし、自分の願いが叶わないことをわかってもいた。

　さびしさを抱え、成彦は部屋のドアをじっと見つめていた。するとドアがゆっくり開き、姉の秋絵が顔をのぞかせた。

「お姉ちゃん」

思わず声をあげると、姉は「しっ」と人差し指を口に当て、

「お母さんいま、石坂《いしざか》さんちに行ってるから」

と、ひそひそ声で告げた。

「大丈夫？　熱下がった？　具合悪くない？」

そう訊ねながら、姉は成彦のひたいに手を当てた。

「お姉ちゃん、喉渇いた」

成彦は甘えた。

「お水飲む？」

水差しに手を伸ばした姉に、ううん、と成彦は首を振った。

「僕、りんごをすりおろしたのが食べたい」

りんごをすりおろしたの、と姉は復唱し、「いま持ってきてあげる」と部屋を出ていった。

やがて戻ってきた姉の手にはガラスの器があり、時間がかかったのだろう、すりおろしたりんごは茶色くなりかけていた。はい、あーん、と母親が姉にするように、姉は成彦にしてくれた。あーん、と成彦は口を開けた。

「なにやってるのっ」

突然の声に、姉の手からスプーンが落ちた。

「なにやってるのよっ」

ドアのところに立ったまま母親はもう一度言い、姉も成彦も動いてなどいないのに、逃げるものを追う勢いで近づいてきた。

反射的に目をつぶった成彦の頭が衝撃を受け、上半身が傾いた。頭を平手打ちされたのだった。

「お母さん、やめて」

姉が止めようとしたが、母親のほうが早かった。もう一度同じ箇所を、今度はもっと強く叩かれた。

「秋絵は下に行ってなさい」

「お母さん、ちがうの。私が勝手に来たの。成彦が心配で見に来たの。成彦に呼ばれたわけじゃないよ」

「秋絵はほんとうにやさしい子ね。でも、成彦に近づいちゃだめだってお母さんいつも言ってるでしょう。それに秋絵はまだおたふくをやってないんだから早く下に行きなさい」

「でも」

「いいから早く行きなさいっ」

母親の怒鳴り声に、姉は逃げるように部屋を出ていった。

立て続けに左のこめかみを叩かれた。成彦は目をつぶり、理由のわからない怒りが母親から去るのを待った。

「あんたは……」ようやく母親は声を発した。「あの子を殺す気？」

その言葉に、成彦はおそるおそるまぶたを開けたが、母親に視線を合わせることはできず、りんごのすりおろしがつくった布団の染みをじっと見つめた。

「あんた、あの子を殺す気なんでしょう」

染みから視線を動かさず、成彦は首を小刻みに横に振った。左のこめかみをまた打たれ、視界がぐらりと傾いた。

「そうはさせないからそうはさせないからそうはさせないからそうはさせないから」

乱れた呼吸のあいだで呪文《じゅもん》のように繰り返しながら、母親は執拗に左のこめかみめがけて手を振り下ろす。

成彦の目から涙が滲み出し、両腕が勝手に防御の体勢を取った。母親の振り下ろした手がぶつかり手首の骨がじーんと痛んだが、その痛みは自分のものではないように感じられた。

「あんたなんか生まれてこなければよかったのに」

その言葉は、何度聞いても成彦の心をえぐり、血を冷たくさせ、健全な呼吸を奪った。母親が動きを止めると、金属的な音が聞こえ出した。それが耳鳴りなのか、それとも静けさが発する音なのか、成彦には聞き分けられなかった。

母親の体が前のめりになり、膝が崩れた。ああっ、と声をあげ、ベッドに突っ伏す。

「ごめんなさいごめんなさい。赦してくださいい赦してください。私を赦して。ごめんなさい」

布団に顔を埋め、肩を震わせ、しゃくりあげながら「ごめんなさい」「赦してください」と繰り返す母親の乱れた髪に目をやり、あやまらなくてはいけないのはたぶん自分のほうなのだ、と成彦は考えていた。自分はなにか悪いことをした。だから、母親に嫌われ、冷たくされるのだ。

やがて布団から顔を上げた母親の目は真っ赤で、瞳には怒りと恐怖、そして強い決意が異様な輝きとなって宿っていた。紅潮した顔は涙とよだれで濡れ、髪が頬に張りつき、ぴりぴりと痛いような空気を放っていた。

しかし、このときはまだ記憶のなかの赤鬼が母親だとは気づかなかった。

気づいたのはこの一年後、成彦が小学一年生のときだ。

二学期がはじまってまもなくだった。その日は、朝から生温かな雨が降っていた。それほど激しくはないものの風に揺すぶられて方向を変えながら、途切れることも弱まることもなかった。

姉が学校から帰ってきたとき、成彦は二階の自室にいた。屋根を叩く雨粒が階段を上る足音をかき消し、廊下を挟んだドアが閉まる音でようやく姉の帰宅に気づいた。不穏な気配を感じ、姉の部屋のドアに耳を近づけた。泣きじゃくる声が聞こえ、成彦はドアを開けた。

姉はベッドに背をつけ、膝を抱えて泣いていた。体じゅうが濡れ、ブラウスにもスカートにも白い靴下にも泥がついていた。片方の膝が擦り剝け、うっすらと血が滲んでいた。

「お姉ちゃん？」

姉はほんの一瞬泣きやんだが、成彦が声をかけたことで勢いがついたらしく、さらに激しく泣きじゃくった。

「お姉ちゃん、どうしたの？」

姉の横に、ふたが開いた赤いランドセルがあった。はみ出した教科書やノートは水分を吸い込んでたわんでいた。

成彦はどうしたらいいのかわからず、ただ廊下に立ち尽くしていた。階段を上ってくる足音が聞こえた。それが母親だということも、ここにいたら叱られることも瞬時に理解した。

それなのに体が動かなかった。

すぐ背後に母親の気配を感じた。息をのむ音がした。次の瞬間、突き飛ばされた。が、よろけただけで転びはしなかった。

「どうしたのっ」

悲鳴に似た声をあげ、母親は部屋に入った。姉の腕をつかんで立たせようとするが、姉がその手を振り払う。それが何度も繰り返された。

「あんたでしょっ」

いきなり母親が振り返った。目がつり上がり、開いたくちびるが裂けて見えた。

「やっぱりやったのね。いつかやると思ってたわよ」

片手を振りかざしながら母親は突進してきた。

頬を張られる一瞬前だ、あの赤鬼は母親だったのだ、と閃くように気づいたのは。

恐ろしかったのは、目の前の母親とかつての赤鬼が重なったことではなく、
自分はいつか赤鬼を殺してしまう――。

一瞬のうちにそう予感したことだった。

その予感はたったいま芽生えたのではなく、はじめて赤鬼に首を絞められた二、三歳のときからずっと、種として自分のなかにあり続けたように感じた。

母親は廊下に転がった成彦を立ち上がらせ、耳を引きちぎろうとするように引っ張った。

痛みと恐怖が成彦に金切り声をあげさせた。

「やめてやめて」

姉の声がしたとき、母親の手は成彦の首にかかっていた。

「お母さん、ちがうよ。成彦じゃないよ。成彦じゃないの。あっちゃんなの。あっちゃんとつかさちゃんにいじめられたの」

姉が母親の背中にしがみついた。

え？　と母親が背後に首をねじる。

「あっちゃんとつかさちゃんなの」

泣きじゃくりながら姉は繰り返す。

しばらく無音が続き、ふっとスイッチが入ったように雨音が戻ってきた。

「そんなことさせない」

母親はつぶやき、階段を駆け下りていった。頭のてっぺんの髪の毛が一本一本くっきりと逆立っているのが見えた。

成彦が母親を見たのはそれが最後だ。

あの日、家を飛び出した母親はそれきり戻ってこなかった。珍しく早い時間に帰ってきた父親の車で、成彦と姉は同じ県にある祖父母の家に連れていかれた。父親の顔はこわばり、機嫌が悪かった。なにを聞いても無視するか、「わからない」「黙ってなさい」「うるさい」と言うばかりで、母親はどうしたのか、なぜ祖父母の家に行かなければならないのか、いつまでいればいいのかなど、なにひとつ教えてくれなかった。ただひとつ、父親のひとりごとから知ったのは、母親が「とんでもないことをした」ということだった。

大人は、子供の理解力を低く見積もっている。成彦が自分の頭上を行き来する大人たちの会話からおおよそのことを知るまで、さほどの時間はかからなかった。そして、姉と離ればなれになったのはそれからまもなくだった。母親は、姉だけを引き取ったのだ。悲しみもさびしさも感じないことが不思議だった。むしろ赤鬼から離れられたことにほっとする自分を感じた。

成彦は、東京の大学に進むまで祖父母の家で暮らした。高校二年生のときに祖父が死に、大学三年生のときに祖母が死んだ。

父親との縁は希薄だった。離婚後すぐに新しい家庭を持った父親と顔を合わせるのは、一、二年に一度で、それもしだいに減っていき、最後に会話をしたのはいつだったのかもはっきりしないが、おそらく祖母の葬儀のときだろう。父親が会社と命を失ったのは、どちらも成彦が二十五歳のときだった。その後、成彦は金星荘に再び越した。中江や松永がまだ暮らしていると知ったとき、まるで自分が戻るのを待ってくれているように感じられたのだ。

T市の駅舎を出ると、二月の尖った風が吹きつけた。ビルが並ぶ向こうにこげ茶色の山が連なっている。マフラーをあごまで引き上げ、成彦は駅前通りを市役所へと歩きはじめた。

小学一年生の途中までしか暮らしていないT市に、特別の思い入れはない。もしあれば、電車で二時間の距離なのだから、これまで一度くらいは訪れただろう。

死んだ父親の除籍簿と原戸籍を取りに来たのだった。郵送で請求することもできたが、実際に足を運びたかった。自分にもまだ記者魂のかけらのようなものが残っているのだろうか、と成彦は苦笑混じりに考えた。

入社後一年間は東海地方の支局にいた。成彦を含め三名の小規模で、取材のために一日じゅう走りまわった。人に会って話を聞き出すことが苦痛だと気づいたのは、半年ほどたってからだ。それまでも出勤前に吐いたり、下痢が続いたり、胃痛に悩まされてはいたのだった。しかし、それは新社会人としての緊張と責任、ストレスからくるもので、誰もが経験する過程だと思い込んでいた。半年で体重が七キロ落ちた。朝起きたとき心が真っ黒に塗り潰されたように感じた。体が重く、その反面、足が地面に着いている感覚がなかった。

「なんであんたなんかにそんなことしゃべらなきゃならないの」

ひき逃げ事件の加害者の家族にそう言われたとき、成彦は自分が恐れているものの正体に気づかされた。この男の言うとおりだと思った。なぜ見ず知らずの人間に、家族のことを、胸の内を、隠しておきたいことを、苦しみや悲しみを、恥ずべきことを語らなければならないのだろう。なぜ自分はそれを聞き出さなければならないのだろう。そう思ったとき、自分のごつい手が相手の皮膚を引き裂き、内臓をひっかきまわす映像が浮かび、苦酸っぱい胃液が逆流するのを感じた。

取材をするのが怖い、と支局長に正直に伝えた。

「人との距離を詰めるのも話を聞き出すのも、相手の心に土足で入り込むような気がして抵抗があります。怖いです」

だから内勤の編集本部に異動したい、と。

「それを、人に寄り添うことだとは考えられないのか?」

支局長の言葉に、無言で首を横に振った。

あれから六年たったいま自分は少しでも変わったのだろうか、と真正面からの風を受けながら成彦は考えた。

駅周辺の風景になつかしさは感じない。ただ、風を生み出すこげ茶色の山にだけ覚えがあった。成彦が暮らしていたまちがあるのはもうひとつ先の駅で、デパートやホテルや市役所がある市街地に馴染みはなかった。

それよりも風だ。自分の感覚に、これほどまで風の記憶が刻まれていたとは。鼻の奥をつんと刺すにおいには枯れ葉や腐葉土の気配が混じり、下手な口笛に似た音が鼓膜を刺激する。皮膚が感じるのは、よくしなる鞭《むち》のような強さと鋭さだ。体のどこか一部分から幼い自分が顔をのぞかせるのを感じた。

市役所で手に入れた父親の原戸籍から、母親と姉の本籍が川崎市にあることがわかった。ふたりの現住所を知るには、川崎市の区役所に行く必要がある。

駅に戻った成彦は、電車の待ち時間のあいだに構内の立ち食いそば屋でてんぷらそばといなり寿司を腹に入れた。

川崎市の区役所を出ると、陰りかけた陽が風景にうっすらとした灰色を落としはじめていた。

母親も姉も生きていた。田尻から、母親の旧姓の「風間」に変わっていた。戸籍の附票に記載されている住所どおりであれば、ふたりは川崎市で同居している。成彦がいまいる場所から三十分もあれば行ける距離だ。こんなにもあっさりとふたりの所在を知り得たことに、なぜか大きな失敗をしでかした気持ちになった。

もういい、と成彦は胸の内で言葉にする。ふたりが生きていることも、どこで暮らしているのかもわかった。これで十分だ、これ以上確かめることはない。そう言い聞かせるが、それに抗う感情のくすぶりを覚えた。

酒が飲みたかった。すでに開店している居酒屋に入ろうかと考えたが、人恋しくなったのと、ひとりでは際限なしに飲んでしまいそうで思い留まった。卑怯なことをしているという自覚のなか、芳乃に誘いのメールを打った。

芳乃から返信が来たのは、金星荘の最寄り駅で電車を降りたときだった。早番の彼女はたったいま仕事を終えたばかりで、〈たまにはなる君のうちで鍋でもしない？〉と提案していた。

駅ビルで芳乃のために日本酒を買い、中江にも同じものと助六寿司を買った。

「悪いねえ、なるちゃん。ありがとよ」

ドアを開けた中江は、部屋着兼寝間着のスウェットの上下に橙色の丹前を着ていた。

「これから彼女が来るんですけど、よかったら一緒に鍋食べませんか？」

中江が断ることを知っているのに、条件反射のように声をかけてしまう自分に嫌気が差す。

「いやあ、俺はいいよ。なるちゃんからもらったこれ食べて飲んで、がーっと寝るからさ」

案の定、そう答えた中江は咳き込んだ。

「大丈夫ですか？」

「ん？」

「風邪ですか？」

「ああ、平気平気。ごほごほうるさいかい？　悪いね」

「それはいいんですけど、あまり長引くようだったら病院に行ったほうがいいんじゃないですか？」

「平気平気。まったくなるちゃんは大げさだなあ」

笑った中江はまた咳き込む。

自室に戻った成彦は掃除機をかけ、台所の洗い場に薄くついた水垢をスポンジでこすった。

もうすぐ駅に着くという芳乃からのメールを受け、迎えに行くために部屋を出た。

「久しぶりね」

改札口から出てきた芳乃が言った。

「うん、そうだね」

答えながら成彦は、彼女と会うのは何日ぶりだろうと思い出そうとした。

「ちがうわよ」成彦の心を見透かしたように芳乃が笑う。「なる君と会うことじゃなくて、なる君のうちに行くのが久しぶりだって言ってるの」

「あ」

「ちなみに会うのは五日ぶり。そんなに久しぶりじゃないでしょう」

「あ、うん」

スーパーは仕事帰りの人たちでにぎわっていた。豆腐を手にした芳乃が振り向き、成彦が持つかごに入れた。

「ねえ、なに鍋がいい？」

ほほえみながら見上げた瞳に媚《こび》の色を感じた。

「なんでもいい」

もうっ、と芳乃は見せつけるようにくちびるを尖らせ、

「なる君はいつもそうなんだから」

と、子供っぽさと女っぽさを剝き出しにした。

成彦は、見てはいけないものを目の当たりにした気がした。いや、見たくないもの、かもしれないと思い直すと、鼓動がわずかに速まった。得体の知れないものがぐいぐいと迫ってくるようだった。成彦の都合に頓着せず、距離を詰め、皮膚を裂き、内臓に手を突っ込もうとする。それは、入社一年目に思い浮かべた自分の仕事のイメージそのものだった。

「私が決めていいの？」

「あ、うん」

「じゃあトマト鍋。なる君のうち調味料がないからトマト鍋のスープ買って、あとは野菜と鶏肉とソーセージ。最後にチーズを入れてリゾットにするの。どう？」

うん、と成彦はほほえんだつもりだったが、頰がこわばってうまく表情にできたか自信がなかった。

スーパーを出ると、芳乃が腕を絡め、「寒ーい」と体を押しつけてきた。いつものことだし、ごく普通のことだ。しかし今日に限っては、すきまのない距離感に神経が過敏になった。成彦の左側から芳乃の体が離れたのは、金星荘の共同玄関を開ける直前だった。無意識のうちに大きく息を吐きかけ、成彦は自分に不安を覚えた。

「なる君、今日休みだったんでしょう？　なにしてたの？」

芳乃が聞いてきたのは、卓上コンロの上のトマト鍋に火が通るのをふたり向き合って待っているときだった。

「別に。雑用とか、かな」

ふうん、と芳乃は日本酒に口をつけ、思い切ったように目を上げた。

「前から言おうと思ってたんだけど、なる君って自分のことしゃべらないよね」

「そう、かな」

「そういうのって自分はいいかもしれないけど、一緒にいる人をさびしくさせるよ」

「そんなつもりはないんだけど」

「一緒にいる人っていうのは、私と、そのうち生まれてくるちっちゃい人のことね」

「あ、うん」

「つまり家族」

一瞬息が詰まり、成彦は相づちさえ打てなかった。

「なる君がもっといろんなことしゃべってくれたら嬉しい」

締めくくるように言うと、芳乃は鍋のふたを取った。赤いスープはくつくつと煮え、熟したトマトのにおいが漂った。

成彦は、芳乃が取り分けてくれた小鉢を受け取った。鶏肉とソーセージ、キャベツと人参としめじが入っている。食べよう食べよう、と芳乃が急かし、いただきます、とふたりで声を揃えた。

風邪かな、とまず思った。体が食べることを拒むのだった。鶏肉をつまんだ箸を口に運ぶと、口から見えない手が飛び出し箸を押し返すようだった。

「どうしたの？　食欲ないの？」

芳乃に問われ、焦りが生じた。

鶏肉を無理やり口に押し込むと吐き気がした。ほとんど嚙まずに飲み込んだ。喉が詰まりかけたことよりも、鶏肉とふれた臓器がもだえる感覚のほうが数倍も苦しかった。風邪だな、と改めて思い込もうとしたが、そうではないことを直感的に察していた。

　芳乃の箸の先端に目がいった。鍋のスープに浸かり、ソーセージやらキャベツやらをつまみ、口のなかに入れる。唾液が付着した箸はまた、スープに浸かり食べ物をつまみ上げる。鍋、小鉢、口中を行き来する箸を見つめているうちに、思い当たることがあった。このあいだ芳乃と創作料理屋で会ったときのことだ。彼女の箸の先に里芋のかけらがついているのを目にし、急に食欲がなくなったのだ。あのときは、直前に中江と焼鳥屋に行ったせいで満腹なのだと思っていた。いや、実際にそうだったのかもしれない。

「ねえ、食べないの？」

　芳乃は箸を止め、成彦を見据えた。いつもより眉尻が下がり、鼻の頭は汗でうっすら艶めいている。

「ごめん。実はお腹の調子があまり良くなくて」

　苦しまぎれの嘘をついた成彦の脳裏をよぎるのは、キャベツをちぎり鶏肉を切りソーセージにふれた彼女の指であり、味見のスプーンを含んだ口であり、鍋に入ったかもしれない唾の飛沫だった。

「やだ、早く言ってよ。大丈夫？」

「あのさ、芳乃さん」

成彦は小鉢の上に箸を置いた。

「胃が痛いの？　それとも風邪？」

芳乃はテーブル越しに体をのり出し、成彦のひたいに手のひらを当てようとした。成彦は反射的にその手をよけた。目を向けなくても、芳乃の驚いた表情が視界に入り込んでいる。

「芳乃さん、あのさ」

ちゃぶ台の上の日本酒のラベルに視線を固定し、成彦は口を開いた。

「前にもちょっと言ったけど、俺、小学一年のときに母親と姉と離ればなれになったんだよね」

小さくうなずいた芳乃はためらいながらも、

「ご両親が離婚したんだよね」

と、控えめな声で続きを促した。

「うん。離婚の原因っていうのは、母親が傷害事件を起こして逮捕されたことなんだ。姉をいじめた同級生とその親に怪我をさせたんだよ。たいした怪我じゃなかったし、すぐに示談が成立したし、ニュースにもならなかったんだけど」

新聞社に入社してまもないころ、成彦は社内のデータベースで母親が起こした事件を検索し、新聞記事にはなっていないことを確認したのだった。

「ニュースにはならなかったんだけど」

成彦は繰り返した。

それきり沈黙が続き、鍋が煮えるくつくつという音が妙に大きく聞こえた。芳乃がコンロの火を止め、話の続きを待っていることが感じられたが、ほかに言うべきことが見つからなかった。

「うん、まあ、それだけなんだけど」

成彦はさらに視線を下げ、少し笑ってみせた。

「そっか」

「うん。そうなんだ」

「話してくれてありがとう」

芳乃の声はまるで耳もとでささやくような親密さを醸し出し、そうじゃない、そうじゃないんだ、と否定したい衝動が突き上げた。

「でも、大丈夫よ。なる君はそんなことしない。暴力をふるったりする人じゃない。私はなる君を信じてるから、絶対に信じてるから。だから心配しないで」

思わず目を上げた成彦は、自分が間の抜けた顔をしていることを自覚していた。伝えたいのはそんなことではない。理解してほしいのはそんなことではない。しかし、明確な答えを持っていなかった。

芳乃はゆっくりと立ち上がり、成彦の背後にまわった。

「私は少しも気にしないよ。そんなことでなる君への気持ちが変わったりしない」

耳に吹き込まれた生温かな息と後ろからまわされた両腕に、成彦の首筋に鳥肌が立った。

「だから安心して。ね？　お母さんはお母さん、なる君はなる君。血がつながっててもちがう人間なの。私が保証する。なる君は絶対に暴力をふるったりする人じゃない」

そうじゃない、そうじゃないんだ。成彦は胸のなかで繰り返しながら、体を硬くして芳乃が離れるのを待った。


自分はなにか良くないことをしたのだ。

だから、赤鬼になった母親に首を絞められ、投げ飛ばされたのだ。

もしそうだとしたら、なにをしたのだろう。

そうではないとしたら、いったいなぜだろう。

成彦の思考は小さなループを描き続ける。

寝返りを打ち、薄く目を開けた。豆電球がつくるほの暗い橙色のなかに、呼吸と一緒に吐き出した疑問が漂っている気がした。枕もとの携帯をつかむと、あと四分で午前五時になるところだった。再び目を閉じたが、眠気は完全に去っていた。リモコンに手を伸ばしてエアコンのスイッチを入れ、鼻先まで布団を引き上げた。

子供のころからなにも変わっていない、と唐突に思う。いつだってこうして布団で体を隠すようにして生きてきた。そう感じたら、でかくなりすぎた図体に恥ずかしさを覚えた。

エアコンから温風が噴き出すのを待ってから体を起こした。襟のあいだから入り込む冷気に身震いする。新聞配達のバイクの音が近づいてくる。ブレーキがかかり、少しあいだを置いてまた走り出す。やがて金星荘の前で停まり、左の方向へと遠ざかっていった。

集合ポストに新聞を取りに行こうとフリースに腕をとおしたとき、赤鬼の夢をみた余韻が立ち昇った。夢の内容は忘れているが、赤鬼が現れた感覚が刻まれている。そのあやふやさは、この部屋にうっすら残るトマト鍋のにおいと似ていた。

そうじゃない、と成彦は思う。昨晩の芳乃の言葉をよみがえらせ、何度でも、そうじゃない、と思う。

ショルダーバッグから母親と姉の戸籍の附票を取り出した。

ふたりは四回住所を変えていた。T市を離れたふたりは同じ県の西側の町で暮らし、その後、川崎市で三回住所を変えている。こんなにもたやすく母親と姉の所在を突き止めたことに、踏むべき段階や通るべきコースを無視し、最短距離をひとっ跳びで来てしまった気がしていた。成彦は、踏むべき段階で味わったかもしれない苦しみや通るべきコースで目にしたかもしれない光景を想像しようとした。しかし、浮かんでくるものはなかった。

生きていたのか、と母親の名前を見つめ、思う。

結局、自分は悪魔や狼男の子ではなく、赤鬼の子供だった。

自分はいつか赤鬼を殺してしまう――。

幼いころ、そう予感したことが忘れられない。

戸籍の附票に記載されている現住所を訪ねたのは、その日の夜だった。勤務ダイヤは四日連続夕刊担当で、会社を出たのは九時近くだった。

母親と姉が暮らす多摩川に近いまちまで電車で四十分もかからなかった。駅ビルや複合型商業施設はなく、居酒屋やラーメン屋、コンビニやドラッグストアが並ぶ短い商店街があるだけだ。無秩序に停められた自転車の数に比べ、歩く人は多くはない。ふっと暗くなり、右に顔を向けると洋菓子店の照明が消えたところだった。

商店街を抜け、左に曲がる。つきあたりを右に。多摩川へと近づいているのが感じられた。両側には民家が続き、たまに現れる古びた商店は店じまいをしたのか営業をやめたのかシャッターを下ろしている。成彦が吐く白い息が冷たい空気にのみ込まれていく。

ふたつめの十字路を左に曲がった右側に、母親と姉の住まいはあった。共和コーポという外階段のある二階建ての木造アパート、二〇一号室だ。建物の背後にまわり、窓を確かめると明かりがついていた。

成彦はマフラーで口もとを覆った。このアパートでまちがいないと知りながらも、プリントアウトした地図と何度も見比べることで自分自身に時間稼ぎをした。

どうしたらいいんだ？　どうするつもりだったんだ？

その答えははじめからわかっていた。どうするつもりもないのだ。行動したという証明を自分自身にしたかっただけだ。

窓の明かりを眺めても、その明かりのなかでくつろいでいるであろう母親を想像しても、感慨めいた感情は湧いてこない。ただ姉には会ってみたいと思ったが、そのなつかしさや恋しさも、興味という単語に置き換えられる程度のものかもしれない。

地図をポケットに突っ込むと、成彦はアパートに背を向けた。

商店街まで戻り、ラーメン屋と迷ったのち居酒屋ののれんをくぐった。

カウンターに座り、熱燗を頼む。メニューを眺め、もつ煮込み、豚バラ串、揚げ出し豆腐を注文したとき、昨晩のトマト鍋が脳裏に現れ、胃が収縮した。

お通しの鶏団子を食べながら、自分はどこか壊れているのかもしれない、と思う。見ず知らずの人間がつくった鶏団子を平気で食べ、芳乃のつくったトマト鍋を体が拒むのだから。芳乃を好きなことに変わりはない、と思う。しかし、それは彼女が他人だからではないか？　家族になった芳乃、母親になった芳乃に同じ気持ちでいられるか自信がなかった。銚子を数本空けても、いつもなら腹の底にともる温かな炎の気配も、体じゅうをゆったりと巡る幸福感も現れなかった。熱を持ったまぶたが垂れ下がるのを感じ、まともに眠っていなかったことを思い出した。

自分はなにか良くないことをしたのだ。

もしそうだとしたら、なにをしたのだろう。

そうではないとしたら、いったいなぜだろう。

繰り返し考えたことが、こめかみのあたりに引っかかっている。

背後のテーブル席に座る男女の途切れ途切れの会話が耳に届いた。だからぁ……そうじゃなくてぇ……それでぇ……。接続詞ばかりがやけに耳につく。笑い声が重なったのち「鶏麵食べたい」と女が言い、「俺も俺も。半分ずつにしようぜ」と男が答えた。成彦は、壁に貼られたおすすめメニューを眺めるふりで振り返った。男女とも成彦と同世代だろう、テーブルには食べかけの皿がいくつものっている。食べ残しの乱雑さから、ふたりは夫婦か同棲しているのだろうと察しをつけた。

日常のなかであたりまえのように互いの唾液や分泌物を受け入れ、感情や欲望を遠慮なくぶつける、それが家族の距離なのだろうか。そう考えると、内臓に鳥肌が立つようだった。

閉店を告げられ店を出た。すでに十二時をまわり、終電の時刻が迫っている。駅へと歩き出し、自転車が近づいてくる音に振り返った。

成彦の視線を捉えたのは自転車に乗った若い男ではなく、コンビニに入ろうとする女だった。

膝まである黒いダウンコートから灰色のスウェットがのぞいている。大きな体を恥じるように背を丸め、両手をポケットに入れてうつむき、顔を隠すために伸ばしたような髪からは近づかなくても脂ぎった頭皮のにおいが察せられた。なぜ自分が瞬時にその女に引きつけられたのか、考えるよりも先に心臓が反応した。

姉ではないのか。

そう訴えたのは、幼いままの成彦だった。

まさか。

否定しようとしたのは、大きななりをした成彦だった。

終電を知らせるアナウンスが駅から聞こえたが、女のあとに続いてコンビニに入った。

コンビニには、三、四人の客がいるだけだ。女はパンコーナーにいた。いくつかのパンをかごに入れると、背後の棚に手を伸ばして紙パックのジュースを取った。菓子コーナーでいくつかのスナック菓子をかごに放り込んでから、女はレジに向かった。必要以上に顔を落とした佇《たたず》まいには、誰とも視線を合わせないという暗い決意が滲んでいる。丸まった背中は少しでも小さくなろうと腐心しているようで、成彦は自分自身を見つめている気になった。

店員がバーコードを通すあいだ、女はピという音に耐えるようにうつむいたまま身じろぎしなかった。ダウンコートの尻の部分は色褪せ、裾からは白い羽毛が飛び出している。

女に続いてコンビニを出た。ダウンコートの衣擦れとレジ袋のこすれる音が成彦を呼び寄せるようだ。しかし成彦は、姉かもしれないその女をなんと呼べばいいのかわからなかった。「お姉ちゃん」と呼ぶには時間がたちすぎていたし、「秋絵さん」や「風間さん」と呼んでは姉弟の関係を否定するように思えた。

「すみません」

と声をかけた。

女は振り返りもしないし、歩調をゆるめもしない。しかし、成彦は自分の声が届いたのを確信した。

「あの、すみません」

声を張り上げたが、同じだった。

成彦が前にまわり込むと、やっと女は足を止めた。肩をいからせ、頑《かたく》なにうつむいたさまから緊張と恐怖が伝わってきた。

「僕、成彦です。田尻成彦です」

ひと息で告げた。

長い髪がかぶさり、女の顔は見えない。前髪の毛先がかすかに震えている。女から白い息がこぼれ、舌打ちに似た短い音が漏れた。

え？　と成彦がのぞき込むと、女は距離を取ろうとするように首を縮めた。

「ほんとに？　ほんとに成彦？」

うつむいたままの彼女がやがて言った。息をつくようなその声に聞き覚えはないのに違和感はなかった。

「はい」

「どうして？」

成彦と姉の声が重なった。

姉の問いに答えることはできない。どうしてここに来たのか、どうして姉だと気づいたのか、どうして声をかけたのか。姉のつぶやきはそういった問いを総称するもので、成彦自身いずれの答えも持ち合わせてはいなかった。しかし、姉が続けたのは想像外の言葉だった。

「どうしてもっと早く来てくれなかったの？」

震えを吐き出すような声だ。

「お姉さん、どこかで話せませんか？」

一度も呼んだことのない「お姉さん」という呼称を選んだのは、それがこの状況にふさわしい気がしたからだ。

「成彦」

姉はせっぱつまった声を出した。覚悟を決めたようにぱっと上げた顔の真ん中にひと筋の髪が落ちている。

「私、変わったでしょ？」

成彦を見据える上目づかいの顔は暗い感情で塗り固められ、皮膚が厚ぼったく見えた。

「二十数年ぶりですから」

成彦は率直に答えた。姉の変貌は年月によるものとも思えたし、それ以外の要因によるものとも受け取れた。二十数年間の空白があるのだし、そもそも姉の顔を克明に記憶していたわけではないのだ。

「ううん、変わった」

姉が自答する。

「僕も変わりましたよ」

「私はもう私の顔じゃないの」

「え？」

「ほら、私の顔じゃないでしょ？」

「いえ」

「男みたいでしょ？」

「そんなことないですよ」

「生まれ変わりなの」

「はい？」

「私、生まれ変わりなの」

その言葉に、浮かび上がる光景があった。

母が傷害事件を起こし、姉とふたりで祖父母の家で暮らしていたときのことだ。石油ストーブやタイヤがしまい込まれた納屋で、ぶら下がり健康器にぶら下がった姉が、誰にも言っちゃだめだよ、と前置きし、いまと同じことを口にした。私、生まれ変わりなの、と。そして、つっと痛みが生じた顔をし、静かに着地したのだった。誰にも言っちゃだめだよ、と念を押され、素直にうなずいたのは興味が湧かなかったからだ。絶対にお母さんには言っちゃだめ、すごく怒るから。そう言って姉は、埃のついた両手をスカートにこすりつけた。

「お母さんには言わないでね。すごく怒るの」

二十数年前と同じことを口にすると、姉は人差し指の関節を噛みはじめた。

「誰の、ですか？」

姉は関節を噛むことに没頭している。やめさせようかと一瞬考えたが、ふれることがためらわれた。

「お姉さんは、誰の、生まれ変わりなんですか？」

「男の子」

「どんな男の子ですか？　お姉さんはその子のことを知ってるんですか？」

姉は人差し指から口を離して成彦を見つめ直した。

「池で溺れて死んだの」

そう告げた姉の目は呆けて見えた。

「いつですか？」

「わからない」

「どこで？」

「わからないよ」

「その子の名前は？」

「そんなことわからないって」

姉の声は大きくはないのに成彦には悲鳴に聞こえた。

「どうして生まれ変わりだと思うんですか？」

「覚えてるから」

「なにを？」

「溺れたこと。溺れて死んだこと。苦しかった、怖かった。口のなかに水がいっぱい入ってきた。なにかにつかまろうとしたけど、だめだった。泳げなかった。沈んでいった。まだ五歳か六歳だったのに死んじゃったの」

沈黙が続き、やがて姉が口を開いた。

「助けてくれるでしょ？」

「え？」

「だから来たんでしょ？」

すがるような視線に、成彦の上半身がほんのわずか後ろに動いた。

「成彦も信じてくれないんだね」

信じる、と嘘でも言うことができなかった。そう口にした途端、姉がまとう暗さに絡みつかれるのを察したからだ。

「自分だけ自由になってずるい」

絞り出すようにつぶやくと姉は背を向けた。のろのろと歩き出した後ろ姿が呼び止められるのを待っているように見えたが、成彦はそうしなかった。

自分だけ自由になってずるい。

成彦は胸の内で復唱する。

自分だけ自由になってずるい。

そうなのか？　と誰かに問いたい。自分は家族から捨てられたのだとずっと思っていた。ちがうのか？　俺が家族を捨てたのか？　だから、二十数年ものあいだ母親と姉を探そうとしなかったのか？

黒い後ろ姿が暗がりに吸い込まれるのを見届け、成彦は体の向きを変えて歩き出した。

5

愛された姉

翌日はカプセルホテルから出勤し、金星荘に帰ったのは夜の九時過ぎだった。

共同玄関の引き戸を開けると、成彦の帰宅を待っていたかのようにフリースの上下を着た松永が部屋から出てきた。

「さっき中江さん、救急車で運ばれたよ」

「えっ。どうしたんですか？」

「二階の廊下で倒れたんだってさ。大家が一緒に病院行ってるよ」

「大丈夫なんですか？」

「そんなの俺にわかるわけないでしょ」

くちびるを尖らせるのは松永の癖だ。

「どこの病院ですか？」

「知らないけど。なに、田尻さん行くつもり？」

「はい」

「ふうん。家族みたいだね」

松永はくちびるをさらに尖らせ薄笑いを刻んだ。

「僕、大家さんが帰ってきてないか確かめてきます」

成彦は玄関を出て、同じ敷地にある大家の家に向かった。そこでちょうど帰宅した大家に背後から呼び止められた。

「中江さんは大丈夫なんですか？」

成彦の問いに、大家は戸惑う表情で首をかしげ、「それがわからないのよ」と答えた。

「病院はどこですか？」

「中江さん、病院にはいないわよ。まだ帰ってきてない？」

「と思いますけど」

「俺は帰るって言って、私より先に病院を出ていっちゃったんだから」

そう言って、困ったわねえ、と口もとに手を添え、あのね、と口調を変えた。

「病院代がないと思うのよ」

「あ」

「実はね、お家賃も一年近く溜まってるの。田尻さん、仲いいわよね。知ってた？」

「いえ、知りませんでした」

「家族も親戚もいないみたいだし、ほんとに困っちゃうわ。なにかあったらどうしたらいいのかしら」

中江が帰宅したのは深夜一時を過ぎてからだった。

成彦がドアをノックすると、「開いてるよー」と返ってきた。その声音で酔っ払っているのがわかった。

　中江は薄っぺらな万年床で仰向けになっていた。両手を頭の下で組み、両膝を立てている。部屋は冷えているのに、エアコンも電気ストーブもついていない。

「どうしたんですか？」

「うん？　なにがよ」

　天井を向いたままの中江は、まなざしはうつろで、声が奇妙に軽い。

「救急車で運ばれたんですよね。勝手に病院を出ちゃだめじゃないですか」

「大丈夫だって言ってんのに、どいつもこいつも大げさなんだよ」

「ちゃんと診てもらわないと」

「たいしたことないからいいんだって」

　中江の横に正座すると、酒のにおいがぷんとした。

「体の調子はどうですか？」

「心配かい？」

　天井に向けられた瞳は薄灰色で、白目には黄色い濁りが張りついている。酒のにおいに混じって、腐敗臭に似た刺激のあるにおいがした。

「もちろん心配ですよ」

そう答えた成彦の太ももに中江が手をのせた。その手を握るべきか躊躇し、そのままにした。

「なるちゃん」

「はい」

「俺が寝小便したら布団干してくれるって言ったよな？」

「言いました」

「信じていいのか？」

「え？」

「俺の面倒みてくれるのか？　頼っていいのか？」

その瞬間、中江の部屋にあるすべてのものが自分めがけて飛んでくる錯覚がした。古いテレビと成彦が買った地デジチューナー、傷だらけのちゃぶ台、カーテンレールにかかったジャンパー、座布団、カラーボックスの上の位牌。押入れには、十数年前に亡くなった妻の遺骨があるのを知っている。おそらく遺品や古い写真、中江の子供時代のものもあるのだろう。中江の七十年間に押し潰され、息ができなくなりそうだった。

――助けてくれるでしょ？

昨晩の姉の言葉がよみがえる。

あのとき自分のなかに生じた、巻き取られ引きずり込まれることを拒む気持ちをいままたはっきりと感じた。

近寄らないでくれ。家族の距離にならないでくれ。

成彦の心中を見透かしたのだろう中江は、

「なーんてな」

と放るように言い、成彦の太ももから手を下ろした。

「俺もう寝るから、なるちゃん帰んなよ」

そう言って中江は背を向けた。

会社のデータベース部に入るのは久しぶりだった。

成彦は入口すぐそばの統合データベースの前に座った。夜の九時を過ぎ、デスクが並ぶフロア奥は静かだったが、何人か残っているのだろう、照明はついている。

上まぶたを指で軽く揉みほぐしてから画面を見つめ、姉の言葉を引き寄せる。

男の子。池で溺れて死んだの。

〈男児　池　死亡〉

と、キーワードを打ち込む。

新聞記事や書籍など三千件以上が表示された。表示された順に詳細をクリックしたが、二十件ほど確認したところで手を止めた。首を左右に傾け、骨を鳴らす。深いため息が出た。

先ほどのキーワードに〈五歳〉をつけ加えた。表示された八十二件の記事をひとつずつ読んでいく。この行為に目的がないことも答えが見つからないことも、成彦は理解していた。からっぽの箱のなかを、からっぽと知りながらかきまわしているだけだ。

〈五歳〉を〈六歳〉に替え、再び確認していく。二〇一二年、茨木市。二〇一一年、芦別市。二〇〇九年、若松町。クリックしている途中でふと思い当たり、表示を古い順に並べ替えた。一九八〇年、福岡市。一九八〇年、弘前市。一九八一年、新潟市。画面の文字が瞳の表面に映るだけだ。

——自分だけ自由になってずるい。

姉のつぶやきが、成彦の内側に爪を立てている。

姉に会ってから、世界が裏返った感覚があった。現れたはずの光景は真っ黒に塗り潰され、なにも見えない。その暗闇に姉が、赤鬼の記憶が、会わずにいた二十数年間がひそんでいるように思えてならなかった。

一九八二年四月の記事をクリックしたところで、ふと気づいた。統合データベースには一九八〇年以降の情報しか登録されていない。姉が生まれたのは一九七八年だ。生まれ変わりを主張する姉の言葉に従うのであれば、姉が生まれる以前の事故を調べなければならない。そのためには、新聞の縮刷版を一日ずつめくる必要がある。気の遠くなる作業だ。答えのないことを延々と続ける気にはなれなかった。

腕時計を見ると、あと数分で十時になるところだった。データベースを終了させようとマウスをつかんだ手が固まった。

覚えのある文字がそこにあった。

25日正午ごろ、T市幸町のため池で「子どもが溺れた」と119番があった。同市消防局が出動し、約30分後に同市八条町2丁目9、八条第一小1年の友高波琉（ともたかはる）君（6）が救助され病院に運ばれたが、まもなく死亡が確認された。水死とみられる。

男児が溺れたため池のあるT市幸町は、成彦が小学一年生まで暮らしたまちだ。

記事は一九八二年四月二十六日の朝刊に掲載されたもので、事故は前日の二十五日に起きていた。成彦が生まれるわずか二か月前のことだ。

これかもしれない、と直感した。当時三歳だった姉は、近所で起きたこの事故を自分自身の記憶と思い込んだのではないだろうか。

成彦は、記事をプリントアウトしてからデータベース部を出た。

エレベータのなかで携帯を確認すると、次の休日を訊ねるメールが芳乃から届いていた。彼女の両親に挨拶をすることになるのだろうかと考えたら、そうじゃないんだ、と声を張りたくなった。

駅前の中華料理屋で夕食を済ませてから金星荘に帰った。

エアコンから温風が噴き出すまでのあいだ、電気ストーブの前に座りデータベースのプリントを見つめた。成彦が生まれるわずか二か月前に同じ町で亡くなった男児がいたことを、今日はじめて知った。当時三歳だった姉は、テレビや大人たちの会話から自覚のないままこの事故を記憶し、自分が友高波琉という男児の生まれ変わりだと思い込んだのだろう。それは十分あり得ることに思えた。

エアコンが動き出したのをきっかけに立ち上がり、一階の風呂に行く仕度をした。

軋《きし》む廊下を歩き、隣室の前で立ち止まった。昨晩、中江の手が太ももから離れたときの感覚がまだ残っている。中江の具合が気にかかる。しかし、

――俺の面倒みてくれるのか？　頼っていいのか？

その言葉に強い拒否感が生まれた以上、そして中江にそれを悟られてしまったいまとなっては、合わせる顔がなかった。

ドアの向こうを妙に静かに感じ、中江の呟き込みを今日は一度も聞いていないと思い当たる。ノックをし、中江さん？　と呼びかけたが返事はない。ドアノブを引くと、鍵はかかっていなかった。

「中江さん、開けますよ」

部屋に中江はいなかった。万年床になっていた布団がたたまれ、カーテンレールにかけっぱなしのジャンパーがなくなっている。カラーボックスの上の位牌が消えているのを認めた瞬間、胸騒ぎが確信へと変わった。

一階の松永を訪ねると、まだ起きていたらしくすぐにドアが開いた。

「中江さんがどこに行ったのか知りませんか？」

「そんなの俺がいちいち知ってるわけないでしょ」

「部屋が片づいてるし、奥さんの位牌がなくなってるんです」

「入院したとかじゃないの？　大家に電話してみれば？」

しかし大家に心当たりはなく、中江の押入れからは案の定、紺色の風呂敷に包まれていた遺骨が消えていた。

成彦は中江と行ったことのある数軒の飲み屋をまわり、駅周辺の路地に目をこらした。

金星荘に二度目に越してきたときのことを思い出した。変わらず住み続けている中江や松永が自分を待ってくれる存在に感じられたあのとき、まるで家族みたいだ、とちらりとでも思わなかっただろうか。それがどれほど都合のいい解釈であり、勘ちがいであったのか、成彦は思い知らされた。

いまも中江を本気で探しているのではなく、探すふりをしているだけだ。二十数年ものあいだ母親と姉の行方を追おうとしなかったように、誰がいなくなっても心を痛めはしないのだ。

――自分だけ自由になってずるい。

姉が言ったのはこういうことなのだろうか。

ダウンジャケットのポケットから携帯を出し、芳乃から着信があったことを知った。もし芳乃と結婚し、彼女が行方知れずになったら、必死に探そうとするのか自信がなかった。

一睡もできなかったと感じるが、実際は浅く短い睡眠を繰り返したのだろう。成彦はだるさとともに体を起こした。わざわざ確かめるまでもなく、中江が帰っていないことは壁越しに感じ取れた。

いつもより一時間早く出勤し、資料棚からT市の地図を取り出した。

町名と地番を人差し指で追っていくと、かつて友高波琉という少年が暮らしていた八条町の家は公園近くにあった。人差し指を下げていったところに成彦が小学一年生まで暮らした幸町があるが、ため池は埋め立てられたのだろうか載っていない。資料棚から三十年前の地図を出すと、成彦のかつての家のほぼ真西にため池らしきものがあった。もう一度、現在の地図を眺め、ため池があったあたりが〈テクノパーク〉になっていることを知った。

——助けてくれるでしょ？

姉のすがるような視線と、それを振り払いたい衝動を思い出し、友高波琉という少年のことを伝えたら姉を助けたことになるだろうかと考えた。

自分のデスクについたとき、芳乃からのメールも電話も放ったままにしてあることを思い出し、少し迷ってからメールを打った。

〈連絡が遅れてごめん。しばらく忙しくなりそうです。また連絡します。ごめん。〉

送信する前に読み返すと、恋人と別れようとしている男にありがちな卑怯な文面に映った。

二連休の初日、成彦はT市に行った。

死んだ父親の戸籍を取るためにこのまちを訪れたのは五日前のことだ。たった五日のあいだに、自分の居場所が覆されたように感じていた。世界が裏返り、それまで隠れていた光景が現れた。しかし、真っ暗でなにも見えないのだった。こうやって再びT市を訪れたことが、表側と裏側をつなぐ地下道を手探りで進む行為に感じられた。

駅からタクシーに乗り、友高波琉が暮らしていた八条町へ向かった。

「三十年くらい前に幸町のため池で男の子が溺死した事故があったんですが、知ってますか？」

五十前後に見える運転手に訊ねた。

「三十年前ですか？　いやあ……。幸町のどのへんですか？」

成彦は住所を告げ、「いまは埋め立てられたようなんですが」と続けた。

「ああ、テクノパークのあたりですね」

「なんなんですか、そのテクノパークって」

「企業とか大学の研究施設が集まってるところですよ。最新のテクノロジーとかいってるのに、おっかしいのが、あそこ地元じゃ有名な心霊スポットでね、肝試しに行く物好きな連中がけっこういるんですよ」

そう言って運転手は、ああ、と閃いたような声をあげ「そうか、だからか」とひとりで納得した。

「テクノパークに出るっていわれてるのが、男の子の幽霊なんですよ。そうか、昔、あのあたりで溺死した子がいたのか。そうかそうか、そこからきてるのか。そんな事故があったんなら、俄然、信憑性《しんぴょうせい》が出てくるなあ」

公園の前でタクシーを降りた。カラフルなアスレチック遊具があり、芝生の広場の向こう側にグラウンドを備えている。平日の昼前、冷たい風が吹きつける公園に子供の姿はなく、犬を散歩させる女がいるだけだ。

友高波琉の家はここから近い。幼い彼はこの公園で遊んだにちがいない。六歳で溺れ死ぬことなど想像もせず、無邪気に笑いながら芝生を駆けまわり、アスレチック遊具に上ったりしたのだろう。

苦しかった、怖かった、と姉の声が耳を流れる。泳げなかった、沈んでいった、と。それは姉の想像ではあるが、友高波琉にとっての真実だったのだ。

かつての友高波琉の家は、一階、二階ともにふた部屋あるだけのアパートになっていた。北欧風の黄色い外観を眺めながら、成彦は自分がここに来た目的を見出そうとした。

友高波琉が溺死したときの詳しい状況を知りたいのだろうか。彼がどんな子供だったのか遺族に聞きたいのだろうか。それを調べてどうしようというのだ？

アパートの左隣は同じく北欧風のアパートで、右隣はブロック塀に囲まれた一軒家だ。背の低い常緑樹が植えられた庭の一角が畑になっており、そこに初老の男がいた。成彦が声をかけると、くわえ煙草で近づいてきた。

「すみません。以前、お隣に友高さんという方が住んでいたと思うんですが、ご存じないですか？」

「ご存じないなあ」

退屈していたのだろうか、陽に焼けた男は迷惑そうなそぶりも見せずのん気に答えた。

「三十年くらい前なんですが」

「三十年？　そんな昔のこと覚えてないよ。借家だったから人もけっこう代わってるし、アパートになってからはどんなやつが住んでるのかも全然わかんなくなっちまったよ。あんた、その友高っていう人、探してんの？」

「はい。友高波琉君という小学一年生の男の子がいたんですが、幸町のため池で溺れて亡くなってしまって」

「ああ」

「ご存じですか？」

「かわいそうだったよなあ」

男はそう言い、短くなった煙草をブロック塀に押しつけた。火の粉が風に流されていく。

「いま友高さんがどちらにいらっしゃるかご存じないでしょうか」

「とっくに引っ越したよ」

「いつですか？」

「子供が生まれてすぐだったなあ」

「子供？」

「男の子が亡くなって一年後くらいかな、女の子が生まれたんだけどさ、そのあとすぐ引っ越しちまった。同じ名前にしたんだってよ」

「同じ名前？」

「生まれた子にさ、死んだ子と同じ名前をつけたんだってよ。いや、女の子だから、子をつけたって言ってたかな。俺もかあちゃんに聞いただけだから詳しいことは知らないけど、それもちょっとどうかと思ったよ」

「友高波琉子、ですか？」

「うんうん、そんな感じ」

友高波琉が亡くなったのは一九八二年だ。その翌年に生まれたのなら、女の子は成彦よりひとつ下になる。

「引越先はご存じありませんか？」

「さあ。かあちゃんなら覚えてるかもしれないけど」

成彦が口を開く前に男はつけ加えた。

「二年前に死んじまったからなあ」

「このへんに当時のことを知っていそうな方はいないでしょうか」

「向かいの松田《まつだ》さんの奥さんかな」

男が指差したほうに首をひねると、

「……も、去年脳溢血で逝っちゃったんだよな」

と、男は続けた。

成彦は公園まで戻り、一軒家を訪ねてまわった。友高波琉の母親のママ友だった女性がいるのではないかと考えたのだが、隣家の男から聞いた以上の情報は得られなかった。

ため池のあった場所までタクシーで行こうとしたが、思い直して歩くことにした。建物の向こうにこげ茶色の山々が連なり、冷たい風が吹きつけてくる。途中、目についたラーメン屋で昼食を済ませ、二十数年前に住んでいた幸町の家に着いたのは二時近くだった。

成彦が小学一年生のときに出た家は、その後父親が新しい家族を迎え、経営していた会社の倒産とともに人手に渡った。愛着のかけらもないはずなのに、覚えのある場所に建つ、覚えのない二世帯住宅を認めた途端、自分の内に保存してあった幾ばくかの時間を奪われた気がした。成彦が足を止めたのは十秒ほどだった。再び歩き出し、縮小コピーした地図を眺めつつ三十年前のため池をめざした。

五、六分も歩くと、まったく記憶のない住宅街のなかにいた。開発されたばかりなのだろう、似たような新しい住宅が建ち並び、分譲中らしく万国旗で飾られた家もある。
住宅街は防風林で終わっていた。防風林の向こう側に出ると、場面が切り替わったようにまったくちがう光景になった。

タクシーの運転手が言っていたテクノパークだ。

企業や大学の研究施設はいずれも広い敷地と駐車場を備え、余計な装飾のない機能的な外観だ。低層の施設が多いが、七、八階建てのビルもある。道路は片側一車線ではあるものの幅に余裕があり、両側には葉を落とした街路樹が植えられている。まるでコンピュータ制御されているような無機質な光景の向こうにこげ茶色の山が連なり、そこから焦げくささや土のにおいが混じった風が吹きつけてくるのが不思議だった。幸町の一部分にすぎないと知りつつも、スーパーのレジ袋を持った主婦や自転車に乗った子供の姿が想像できず、足を踏み入れることを躊躇した。

背後で短いクラクションが鳴り、道路の真ん中に突っ立っていることに気づいた。端によけると、停車したワゴン車から警備員らしい男が降りてきた。

「どちらに行かれるんですか？　迷う人が多いんですよ」

「あ、いえ。子供のころ近くに住んでいたので、なつかしくて来てみただけなんです」

「じゃあ、ずいぶん変わってて驚いたでしょう」

六十代に見える警備員は人なつこく笑いかけてきた。

「テクノパーク、というんですよね？」

「十七、八年になるかなあ、こんなふうになってから。昔はちょっとした森があって小高い山があって畑もあって、のどかな場所だったんですけどね」

「ため池もありましたよね」

警備員は顔をわずかにしかめてうなずいた。

「男の子がひとり死んじゃったんですよね。それからすぐ埋められたみたいですけど」

「幽霊が出るって噂があるらしいですね」

「いまは落ち着いたけど、何年か前までは夜になると暴走族が来て、建物や道路にいたずら書きしていって大変だったんですよ。まったく家族の方には気の毒な話ですよ」

「家族？」

「男の子の家族ですよ」

「ご存じなんですか？」

思わず食らいつく口調になった。

警備員の顔に警戒の色が浮かぶのを見て、成彦は新聞社名を告げ、名刺を手渡した。

「新聞記者さんですか。うち、お宅の新聞取ってますよ」

警戒心の消えたらしい警備員に、成彦は丁寧に礼を述べてから改めて質問を口にした。

「池で亡くなった男の子のご遺族が、いまどちらにいらっしゃるのかご存じないでしょうか」

「いやあ、なにしろだいぶ前のことだから」

歯切れの悪くなった警備員は、

「私はあの会社の警備員をしているんですけどね」

と、道路の右側に建つビルを指差してから話しはじめた。

「テクノパークができたばかりのことですよ。あれは夜の十時、十一時くらいだったかな、ふらふら歩いてる子がいてね。声をかけたら、池はどこですか？　って聞くんですよ。私もあのころは、幽霊が出るって噂しか知らなかったから、もしかしてこの子が幽霊なんじゃないかって、いやあ、ぞっとしましたね」

「どんな子でしたか？」

「女の子、制服を着た」

「女の子」

「それがね、お兄ちゃんに会いに来た、って言うんですよ」

警察に連絡して保護してもらった、と警備員は言った。

「中学生だったし、時間が時間だしね。それに、夢遊病みたいにただならない感じだったし。後日、お父さんという人が挨拶に見えて、それでため池の事故のことを知ったんですよ」

「どんな事故だったんでしょうか」

「ひとりで遊んでて足を滑らせたそうですよ。通りかかった人が通報したんですが、残念ながら……」

「ご遺族の住所はわかりませんか？」

「わからないですねえ」

ほかになにを聞けばいいのか思いつかなかった。そもそも、なぜ遺族の居所を探しているのか、仮に探し出せたとしたらどうしようというのかもわからないのだった。

「制服なんか泥だらけで、リボンもほどけて、あれは裏の林をさまよってたのかもしれないなあ」

池を探してさ、と警備員はせつなそうにつけたした。

成彦に新たな疑問が浮かんだのは、T駅まで戻ってからだった。

友高波琉の妹は、なぜため池を探そうとしたのだろう。ため池を見つけてどうするつもりだったのだろう。

った。成彦にはひとつ引っかかっていることがあった。警備員が説明した彼女の制服に覚えがあったのだ。紺色のブレザーとプリーツスカートに、赤いチェックのリボン、そしてブレザーのポケットについた星のエンブレム。それは、祖父母に引き取られた成彦が高校生まで過ごしたまちにある明星女子学園の制服と同じだった。私立の中高一貫校で、地元ではお嬢様学校といわれていた。

金星荘に戻ってから大学時代の友人数名に連絡すると、そのうちのひとりが明星女子学園出身の女と知り合いだった。そこから友高波琉の妹が進んだ大学と就職先が判明したのは、その日の夜だった。

彼女は波琉子という名前で、食品メーカーの研究室に勤めていた。ネットで調べると、研究室は東京郊外にあった。

携帯の着信音が鳴った。追加情報を知らせる友人からだと思った成彦は、表示された名前を見てつまずいた心地になった。この瞬間まで、芳乃の存在を忘れていた。無視しようかとも考えたが、鳴り続ける着信音に負けて通話ボタンを押した。

「ごめん」

と、つい口をついた。

「なんでいきなりあやまるの？」

怒っているようにもふざけているようにも聞こえる口調だ。

「いや、なんか、連絡しなかったりして」

「だって忙しいんでしょ？」

「あ、うん」

「そうメールくれたじゃない」

「うん」

「それともちがうの？」

「あ、いや」

「いま、うち？」

「うん」

喉の奥にもぞもぞとうごめくものがあった。吐き出そうと喉を開くと、

「ごめん」

とまた出た。

芳乃はひと呼吸置いて、

「結婚したくないんでしょう？」

ため息の口調で言った。成彦が答えられずにいると、

「結婚の話が出てから、なる君変わったもの。よそよそしくなった。私を避けるようになった。普通は逆なのに。結婚したくないなら、はっきりそう言えばいいじゃない」

だから結婚はやめようと、もしかすると別れようと言われるのではないかと思った。それを期待する気持ちがちらつき、自分自身に裏切られた気がした。

「なんで黙ってるの？　なる君って自分のことはどうでもいいようなふりしてるけど、ほんとうは自分のことしか考えてないんじゃないの？」

返答を求められているのがわかったが、成彦は返す言葉を持たなかった。

「私、なる君のなんなの？　結局、他人なのかな」

なにもかもを放り出したい衝動に駆られた。しかし、なにを持っているのかと問われれば、このでかい図体以外なにも持っていないと思えた。なにか言わなければと思うが、渇いた喉はぴたりとふさがり、うめき声さえ出てこない。

沈黙の延長線上のように前触れなく通話が切れ、その直後にメールの受信音が鳴った。大学時代の友人からのメールには友高波琉子の写真が添付され、大学の卒業アルバムを写したものだと説明があった。

携帯の画面のなかの友高波琉子は、黒い髪を耳下で切り揃え、前髪が目の上ぎりぎりにかかっている。カメラを見据える黒く大きな瞳と引き締められたくちびる、そのとっつきにくいバランスを崩すかのような丸い鼻が印象的だった。

成彦は、ため池を探してさまよう中学生の彼女を思い浮かべた。

彼女はため池でなにをしたかったのだろう。なにを見つけたかったのだろう。

目を閉じた成彦のまぶたの裏に、見たことのない光景が広がる。木々や雑草が茂る広大な荒地。背後にはこげ茶色の山が連なっている。テクノパークが完成する前の光景だ。そこにあるため池は、一センチ下さえ見通せないほど濃い墨色をしている。真っ黒な水面が、池辺に佇む制服姿の少女を映し出す。池の底まで見透かそうとするかのような迷いのない視線。見えるのか？　と、成彦は想像のなかの彼女に問いたかった。真っ黒に塗り潰された世界にいったいなにを見つけるのだろう。


それが彼女だとはすぐに気づかなかった。

エレベータから出てきたのは彼女ひとりだった。にもかかわらず、成彦はちらっと視線を向けただけで別人だと判断した。視界のすみにまっすぐ歩いてくる彼女が映り、改めて目をやったところでやっと携帯の画像と結びついた。

「田尻さんですか？　私、友高波琉子ですけど」

目尻が垂れているのに見据えるような強い瞳は、卒業アルバムの写真そのものだった。

突然の訪問を詫びようとした成彦を制し、彼女は「あっちあっち」と無人の打ち合わせスペースを指差し、かつかつとヒールの音を響かせ歩き出した。

「新聞社の方がなんの用ですか？　なにか記事にしてくれるんですか？　でも、いまうち話題になるようなことあったかなあ。それよりなんで私のこと知ってるんですか？」

友高波琉子は、投げやりにも感じられるふざけた口調でまくしたてた。

栗色の髪が鎖骨のあたりでカーブを描き、金色のピアスがのぞいている。まぶたにも頰にも淡いピンク色が塗られ、ふっくらと描かれたくちびるには微小なラメが輝いている。白衣の下は、まだ二月の下旬だというのに胸もとが大きく開いた山吹色のワンピースだ。

「編集本部？　ってよくわかんないけど、すごいですね。本部なんだ」

成彦が渡した名刺をテーブルに置くと、友高波琉子は自動販売機のほうへ歩いていった。

彼女が紙コップのコーヒーを持ってくるあいだ、成彦はどう切り出すのがベストなのか頭を働かせようとした。しかし、昨晩から考え続けていることが、わずか数十秒で明確になるはずもなかった。いざとなったらなんの策も立てず正直に話そうと思っていた。いまがそのときなのだ、と覚悟を決める。

「実は仕事とは関係ないんです。お兄さまの友高波琉さんのことでお聞きしたいことがあって伺いました」

「なんでそんなこと聞くんですか？」あっけらかんとした反応だ。「っていうか、なんで兄のこと知ってるんですか？　私でさえ知らないのに。だって私が生まれる前に亡くなったんですよ」

と続け、あーびっくりした、と笑った。

「僕、子供のころ、あのため池の近くに住んでたんです」

「兄の友達だったとか？」

「あ、いえ。僕が生まれたのは友高波琉さんが亡くなられた二か月後なんです」

「へーえ。じゃあ私と学年が同じですね。老けてるって言われませんか？」

からかうように言う。

「中学生のとき、あなたはなぜテクノパークに行ってため池を探そうとしたんですか？」

「は？」

「制服を泥だらけにして、ずいぶん必死に探しまわったと聞きました。あなたがそこまでしてため池を見つけたかった理由を知りたいんです。あなたにとってお兄さまは、自分が生まれる前にこの世を去った人、つまり記憶にない人ですよね。お兄さまが亡くなった場所を訪ねることで、記憶にないものを探し出そうとしたんですか？」

途中から自分の言っていることも言いたいこともわからなくなった。しゃべればしゃべるほど、伝えたいことから遠ざかっていく。

「あのー、なに言ってるのか全然わかんないんですけど」

案の定、友高波琉子は言った。きれいに整えられた眉に困惑が浮かんでいる。

「ですよね。すみません、僕もうまく整理できてなくて。ただ、」

「じゃなくて、私、ため池を探したことなんかありませんけど」

「えっ」

「なんで私がため池を探さなくちゃならないんですか？」

「でも、警備員さんから伺ったんですが」

「人違いじゃないですか？ テクノパークができたことは知ってますけど、行ったこともないし」

「あ、じゃあ、あなたに妹さんはいらっしゃいませんか？」

「いませんけど。っていうか、田尻さん、でしたよね、なにを調べてるんですか？ なんか気持ち悪いんですけど」

「すみません」

成彦は頭を下げ、テーブルの縁を見つめた。そうすることで動揺を静めようとした。ため池を探していたのは友高波琉の妹ではなかった。だとしたら、いったい誰なのだろう。

そこまで考え、閃いた。

姉、か？

――池で溺れて死んだの。

姉の声がよみがえった。

長い髪のあいだからのぞく目を思い出したとき、「田尻さん」と強く呼ばれて我に返った。

「説明してください」

友高波琉子が見据えている。

「姉が」

成彦が口を開くと、姉、と彼女は無感情に復唱した。

「あ、はい。姉が生まれ変わりだと言うもので」

「はあ？」

友高波琉子の声が裏返った。

成彦は唾を飲み込み、再び口を開く。

「僕には小さいときに生き別れた姉がいるんです。両親が離婚して、僕は父親のほうに引き取られ、姉はいまも母親と暮らしています。ついこのあいだ二十数年ぶりに姉に会ったんですが、そのとき、自分は池で溺れた男の子の生まれ変わりだと言い出したんです。もちろん本気にはしませんでした。ただ、少し気になって調べると、姉が三歳のときに自宅のすぐ近くの池で男児が亡くなる事故があって、それが友高波琉さんだったんです。なので、おそらくその無意識のうちの記憶が思い込みにつながったと思うんですが」

「絵本みたいですね」

友高波琉子は平らな声で告げた。

「はい？」

「猫が百万回生き返るの。読んだことありません？」

「あ、いえ、ないです」

なんだ、と友高波琉子がつぶやく。

「記憶があると言うんです。溺れたとき、苦しくて怖かった、と。口のなかに水が入ってきて、沈んでいった、と。まだ五、六歳だったのに死んでしまったと、そんなふうに姉は言うんです」

友高波琉子の眉間にはうっすらとしわが刻まれている。うさんくさいものを見る表情だ。

やがていきなり噴き出した。彼女の笑い声は四方に反響し、成彦の鼓膜を震わせた。

「ご、ごめんなさい」

口もとに手を添え、治まらない笑いのなかで彼女は言った。

「だ、だって、溺れてるんだから、苦しいのも怖いのもあたりまえですよね。やだもう、そんなこと真剣な顔で言わないでくださいよう」

友高波琉子の笑いが完全に静まるまで数十秒かかった。腕時計に目を落とした彼女につられ、成彦も時間を確認した。五時三十分を過ぎたところだ。

「もう仕事に戻ってもいいですか？　今日は合コンがあるんで残業したくないんですよ」

彼女に訊ねたいことがまだある気がしたが、言葉に置き換えられるほどはっきりしたものは見つけられなかった。

「田尻さんて独身ですか？」

友高波琉子は企むような笑みになった。

「あ、はい」

「じゃあ、今度合コンしませんか？」

「え」

「携帯出してください」

「あ、はい」

「アドレス交換しましょうよ。今度連絡するんでメンバー集めよろしくお願いしまーす」

成彦がようやくひとつだけ質問を思いついたのは辞去する間際だった。

「差し支えなければ、ご両親がいまどちらにお住まいか教えていただけませんか？」

「ふたりとも亡くなりました」

彼女は真顔で即答した。


姉だったのではないか――。

その疑念は、まるで頭のなかに入り込んだ異物のようにこめかみのあたりで耳ざわりな音をたてた。

夜のテクノパークをさまよう制服姿の少女と、会ったばかりの友高波琉子の印象がどうしてもつながらなかった。それよりも姉を思い浮かべるほうが容易だった。

携帯に保存されている友高波琉子の画像を眺めた。黒い髪と引き締まったくちびる。六、七年であんなにも印象が変わるものなのかと改めて驚く。

友高波琉子は、ため池を探したことなどないと言った。彼女の言葉を信用していいのだろうか。しかし、嘘をつく必要があるとは思えない。それでは姉だろうか。姉も明星女子学園に通っていたのか、それとも似たような制服の別の学校だったのか。しかし警備員の話では、少女は「お兄ちゃんに会いに来た」と言ったのだ。

友高波琉の妹に会ってはみたものの、結局なにを確かめたいのかわからないままだった。

ふと、自分の言葉が再生された。

――記憶にないものを探し出そうとしたんですか？

成彦の最初の記憶は赤鬼だ。それ以前は真っ黒に塗り潰されている。そして、生き別れた以降の母親と姉もまた暗闇のなかにいるのだった。

金星荘の軋む階段を上ると、中江の部屋のドアが開いていた。

部屋にはなにもなかった。布団もテレビもちゃぶ台もカラーボックスも。カーテンがはずされた窓は夜の色を映している。

「どうしたんですか？」

成彦の声に大家が振り返った。割烹着をつけた大家は、畳に塩をまいているところだった。

「中江さん、亡くなったんですって」

「え？」

「中江さんの息子っていう人と業者が来て荷物を片づけていったの。あっというまだったわよ。でもほら、ちょっとなんだからお塩で清めようと思って」

「いつですか？　どこで亡くなったんですか？」

「詳しいことは言いたがらなかったけど、いなくなってすぐだと思う。葬儀は済ませたって言ってたから。たぶん行き倒れじゃないかしら。なんだか立派そうな息子さんだったわよ」

悲しみも現実味も感じなかった。

「息子さんが、いたんですね」

そうつぶやいていた。

「ほんとにねえ。子供も親戚もいないって言ってたのにねえ、すっかり騙されちゃったわよ。でもまあ、よかったわよね」

おそらく滞納分の家賃を支払ってもらったのだろう、大家は晴れ晴れとした顔つきだ。

からっぽの部屋を眺めていると、わずか数日前までの様子がすでに思い描けなくなっていた。布団は敷きっぱなしだった、カラーボックスの上に位牌があった、ちゃぶ台は傷だらけだった、と文章にはできるのだが、映像となって浮かんでこない。それは、中江にもいえることだった。白髪混じりの薄い髪、並びの悪い汚れた歯、がしがしと大きな笑い声。しかし、中江の顔を思い浮かべようとすると、まるで焦点の合っていないレンズをのぞいているようになった。


成彦は、いまの自分がいちばん行ってはいけない場所に向かっていることを自覚していた。歩くほど赤鬼が近づいてくる。いや、ほんとうは成彦のほうから近づいているのだ。それなのに、そばに寄るな、と叫びたかった。頼むから近寄らないでくれ、と腕を振りまわし、目に映るものすべてをなぎ倒したかった。

──なる君はそんなことしない。

芳乃の声が耳をよぎった。

──暴力をふるったりする人じゃない。

そうじゃない、そうじゃないんだ。

自分は、そばにいる人を赤鬼にしてしまう。近づいた人を赤鬼に変えてしまうのだ。

成彦は木造アパートの二階を見上げた。

窓に明かりはともっているが、成彦にとってその向こうは暗闇だ。裏返った世界。真っ黒に塗り潰された世界。そこには成彦の記憶にない出来事が、しかし成彦とつながっている出来事がひそんでいるはずなのだ。

アパートの外階段を一段ずつ踏みしめるように上っていく。母親と姉が暮らす二〇一号室に表札はなく、ブザーと呼ぶのがふさわしい旧式のインターホンがついている。

ドアに向かって息を吐き、迷いが入り込まないうちにインターホンを押す。十数秒後、「はい」とドア越しにこもった声がした。不思議と、緊張も恐れも感じなかった。

「田尻成彦です」

それだけを告げた。

ドアが開くまでずいぶん時間がかかった。

やがてドアのすきまから顔をのぞかせたのは老婆だった。頭の芯ではちゃんとわかっている。水分を失った皮膚にしわを刻んだこの女が、二十数年ぶりに見る母親なのだ。

「成彦なの？　ほんとうに？」

その声は、数日前に会った姉とそっくりだった。

「こんなに立派になって」

いきなり泣き出した女を、成彦は感情移入できないドラマを見せられているような心地で眺めた。「どうしてここがわかったの？」という言葉から、姉と成彦が会ったことを知らないのだと察した。

部屋は狭くはあったが片づいていた。台所にはふたり用の食卓セットがあり、奥の和室にはたんすが置いてある。右奥にもうひとつ部屋があり、その閉じられたドアの向こうに姉がいるのだろうと見当がついた。

母親はぐずぐずと泣きっぱなしだ。やかんに水を入れるときも、湯飲みを食卓に置くときも、まるで泣くことでなにかを隠しているような、なにかから成彦の目をそらそうとするような。そう感じるのは、おそらく自分のねじれた感情によるものだろうと成彦は分析した。

「あの人、亡くなったそうね。成彦も苦労したでしょう。でもね、私たちも大変だったのよ」

「私、なにかしましたか？」

成彦の強い口調に、母親のくちびるが「え」の形で止まった。

「小さいころ、私、なにか悪いことをしたんでしょうか？　あなたや姉に。もしそうだとしたら、どんなことでしょう。何年も赦されないようなことだったんでしょうか」

表情のない母親は古い置物のようだ。

「私はなにをしたんですか？　どんな悪いことをしたんですか？」

母親の色の薄い瞳は成彦をすり抜けていた。成彦は背後を振り返り、そこにあるものを確かめたい衝動に駆られた。しかし、正体を知るために必要なのは振り返ることではなく、母親から話を聞くことだった。

母親の目の焦点が近くなり、しかし成彦の上で結ぶことはなく食卓の一点に落とされた。

「成彦のことを探そうと思ってた」

やがて母親はつぶやき、食卓の上で両手を組んだ。茶色いセーターの袖口には毛玉が目立ち、指は第二関節から先が赤く荒れていた。

ほんとうにそう思ってた、と母親は言ったが、成彦には信じられなかった。

「私になにかあったら秋絵をお願い」

その言葉を耳が捉えた瞬間、この人は赤鬼のままなのだと成彦は思った。昔は凶暴な鬼だったが、いまは冷酷な鬼だ。

「誰も頼る人がいないの。あの子をお願いします」

成彦は母親を見たが、母親は食卓に目を落としたままだ。

「このあいだお姉さんに会いました。自分だけ自由になってずるい、そう言われました。どうしてそんなふうに言われなくちゃならないんですか？　まさかあなたもそう思ってるわけじゃありませんよね？　捨てられたのは私のほうですよね？　私があなたがたを捨てたわけじゃありませんよね？　私、小学一年生だったんですよ」

「あの子に会ったのね」

母親はおそるおそる視線を上げ、成彦の喉のあたりで止めた。

「池で溺れた男の子の生まれ変わりだと言ってました」

母親の片頰がひくついた。

「友高波琉という子を知ってますか？　昔、家の近くの池で溺れて死んだ子です。当時、小学一年生でした」

「あんた誰っ」

突然、母親は立ち上がった。成彦を見下ろす顔に覚えのある赤鬼が重なっている。

「あんた成彦じゃないでしょっ。なんでそんなこと知ってるのよっ。あの男の仲間でしょっ。

脅しに来たのね。帰ってよ、いますぐ帰って」

帰れ、と成彦に向き直りそう告げたとき、母親の手には包丁が握られていた。

目の前に、赤鬼がいる。包丁を握った手を震わせ、恐ろしい形相で成彦を睨みつけている。

母親を赤鬼に変えたのは、やはり自分なのだ。

自分はいつか赤鬼を殺してしまう——。

成彦は立ち上がった。

包丁を握った母親の手がぴんと伸びる。

「帰らないで」

その声に、母親の視線が揺らいだ。

「助けに来てくれたんでしょう？」

背中にしがみつく姉の声。

「お母さん、成彦は私を助けに来てくれたんだよ」

母親は包丁を置き、しばらくのあいだ洗い場の縁を両手でつかんでいた。泣いているのかと思ったが、振り返った顔に新たな涙はなかった。

「成彦、調べてくれたんでしょう？　私が誰の生まれ変わりなのか。さっき言ってた、うちの近くの池で溺れた子がそうなの？　私、その子の家族に会いたい。会って、死んだときのこと教えてあげたい」

「もうやめて、秋絵」

「どうして信じてくれないの、お母さん。私、はっきり覚えてるもの。必死に手をばたつかせたことも、口のなかに水が入ってきたことも。ねえ、何十回も何百回も言ったでしょう？」

「それはお姉さんの思い込みです」

「成彦までどうしてそんなこと言うの？　思い込みじゃない。覚えてるもの」

「お姉さんだってほんとはわかってるんじゃないですか？　生まれ変わりなんかじゃないって。それを言い訳にして現実から逃げてるだけじゃないですか？」

姉は髪のあいだから成彦を見つめた。その姉を成彦は改めて観察する。腫れぼったいまぶた、頬の肉に挟まれた窮屈そうな口もと、垂れ下がった二重あご、型崩れした黒いスウェットは毛玉だらけだ。

わからないくせに、と姉は吐き出した。

「みんなわからないんだよ。ほんとうに覚えてるの、はっきり覚えてるの。泳ごうとしたのにあっというまに体が重くなった。口のなかにどんどん水が入ってきた」

「秋絵、もうやめなさい」

姉へと足を踏み出した母親を、成彦は片腕を伸ばして制した。

「あの男って誰のことですか？　あの男の仲間って、脅しに来たって、いったいなんのことですか？」

成彦の腕一本で動きを遮られた母親をひどく小さく感じ、こんなに弱々しい者のなかにも鬼はひそんでいるのかと愕然《がくぜん》とした。

「秋絵は生まれ変わりなんかじゃない」

母親が声を張った。

「お母さんなんか大嫌い。私のことなにもわかってくれない。わかろうともしてくれない」

「生まれ変わりは成彦なの」

母親のそのひとことで、成彦はすべてを理解した気になった。

実際にはなにひとつわかってはいなかった。ただ、裏返った世界の闇がほどけ出し、そこに浮かび上がる光景は自分が望んでいないものだという予感がした。それでも成彦は知りたかった。

自分はなにをしたのか。

どんな悪いことをしたのか。

生まれながらに罪を背負っているのだとしたら、それは一生赦されることはないのか。

第三章

6 失われた兄

一九九六年三月十五日、友高波琉子はテクノパークにいた。

夜の十時を過ぎた時刻。整備された空間に街路灯がともり、いくつかの小さな窓が置き去りにされたように白く浮かび上がっている。

こんなところに池なんかあるのだろうか。そう思いながら波琉子は、一台の車もない広い道路を突き進み、正面に見える暗がりへと歩いていく。強い風に制服のリボンがひるがえり、スカートが膝下を叩く。正面の暗がりの、その背後に見える真っ黒い山が吐き出す風だ。

夜は暗くはあるが黒くはないのだ、と波琉子は知った。夜空は、月や星や地上の明かりでぼうと照らされている。しかし、要塞のようにそびえる山はかすかな明かりさえも拒絶し、禍々《まがまが》しい黒さを溜め込んでいる。

正面の暗がりは小高い林だった。土砂崩れを防ぐためか立ち入りを禁ずるためか、金網フェンスが境界線の役目を果たしている。街路灯の明かりもフェンスの向こう側には届いていない。

波琉子はフェンスを両手でつかみ、足をかけた。

——幽霊が出るんだって。

数時間前の同級生の声がよみがえった。

ほら、テクノパークって知らない？　と同級生が続けたときはまだ、それが自分に関係のある話だとはわかっていなかった。

T市にテクノパークっていうまちができたんだって。従兄《いとこ》がT市にいるんだけど、あそこまじでやばいらしいよ。友達が見たらしいの。

えー、なにをなにを、どんなどんな？　と同級生たちのにぎやかな反応に、彼女は満足そうに続けた。

男の子の幽霊。なんかね、昔、あそこに沼か池があって、溺れて死んだ子がいるんだって。

ほんとに見たの？

うん、従兄の友達の友達がね。大学生なんだけど、夜にみんなでテクノパークに行ったんだって。そうしたらね、五、六歳くらいの男の子がひとりでぼうっと立ってて、それが全身びしょ濡れだったんだって。

誕生日だった。兄の二十歳の、波琉子の十三歳の。

同級生の話を波琉子は、誕生日のメッセージとして受け取った。

——はるちゃんのなかには、お兄ちゃんがいるのよ。

幼いころに繰り返された言葉をもう聞くことはないし、誕生日にふたつのプレゼントを渡されることもなくなった。

いつからだろうと考えると、記憶の手がつかみ上げる出来事がある。

波琉子が小学三年生のときだ。目が覚めたら、隣で寝ているはずの母がいなかった。布団を出て居間に行ったとき、はるちゃん、と部屋の外から呼ばれた気がした。玄関を出ると、同じマンションに住む男が隣の部屋のインターホンを押していた。波琉子に気づき、さっきからうるさいんだよ、と不機嫌そうに言った。なかからドアを開けたのは母だった。泣いているような怒っているような顔で、薄闇のなか瞳が恐ろしいほど輝いていた。そのあとのことは、他人の記憶を聞かされたように途切れ途切れで曖昧だ。男の怒鳴り声、灯油のにおい、パトカーのサイレン。母と男の子がしっかりと手をつなぎ合っていたことは切り取ったように覚えている。つながったふたりの手に、自分は捨てられるのではないか、母は男の子とどこかへ行ってしまうのではないか、と波琉子は不安を感じた。

おそらくその夜と関係しているのだろう、それからまもなくのことだ。

母に連れられて遠くへ行った。電車を乗り換え、バスに乗り、ごく普通の住宅街で降りた。児童公園の入口で母は立ち止まり、つないだ手に力を込めた。ブランコと鉄棒、東屋の近くにはパンダやキリンやウサギの遊具があり、火をつけられたのかパンダの顔は黒焦げで片耳がなかった。

「昔ね、ここで死んだ男の子がいるの」

やがて母がつぶやいた。

兄のことだと波琉子は思った。

ということは、ここはT市の幸町というところなのか。でも変だ、池がない。あ、そうか、きっと埋め立てられて公園になったんだ。そう考えると、地面のすぐ下に、兄の死体が紙人形のようにいまもぷかぷかと漂っている気がした。

波琉子は緊張した。が、そのぴんと張りつめた危うい感覚は、つないだ手をとおして伝わってきたようにも感じられた。

「殺されたのよ」

母のつぶやきに、波琉子の指先がぴくっと跳ねた。母を盗み見ると、青白い頰はこわばり、くちびるは小さく痙攣《けいれん》していた。

「母親のせいよ。子供を放ってパチンコをしていたんですって。髪の毛なんか金色で、爪を伸ばして、子供のことなんてどうでもよかったのよ。あの母親が殺したのかもしれないと思ったけどちがった。ううん、ちがわないのかもしれない。犯人は捕まらなかったの。でも、どっちみち同じよ。どっちにしても母親のせいなのよ」

母はまくしたてた。

兄のことではないと気づいたが、誰のことなのかは見当もつかなかった。

母はしゃがみ込み、波琉子の両肩をつかんだ。

「ねえ、はるちゃんもそう思う？」

波琉子はその問いが意味することを理解できず、母を見つめ返すだけで精いっぱいだった。

「母親のせいだと思う？」

母がどんな返答を望んでいるのかわからなかったが、うなずいてはいけないことだけは感じられた。自分がうっかり首を縦に振らないよう、波琉子は体に力を入れた。

「ねえ、はるちゃん。お母さんは、いいお母さんでしょう？」

聞き慣れた問いかけにほっとした。

「うん、いいお母さん」

「ほんとうに？」

「うん、ほんとうにいいお母さん」

「ちがう、ちがうの」

悲鳴のような声をあげ、母は激しく首を横に振った。

「お母さんもあの母親と同じなの。いいお母さんじゃないの。守れなかったんだもの、お母さんのせいなの、お母さんが目を離したせいなのよ。みんなだってそう言ったわ。でもじゃあどうすればよかったの？　わからない、いまでもわからないのよ。どうしようもなかったの。どうしようもなかったのよ」

「お願い、お母さんはいいお母さんだよ」

「お母さんを赦して。ねえ、赦してくれる？」

母の懇願が自分をすり抜けたものに感じられ、答えることができなかった。そのかわり言い慣れた言葉を口にした。

「お母さん、好き」

それでも母が首を振り続けるから、

「ってお兄ちゃんが言ってるよ」

と、母を温かく潤ませることのできる言葉をつけ加えた。

母ははっとしたように動きを止め、波琉子の瞳の奥をのぞき込むまなざしになった。

「波琉子は？　波琉子もお母さんのことが好き？」

いつもは「はるちゃん」と呼ぶのに、「波琉子」と丁寧に発音した母にそのとき異変を感じた。

「うん、好き」

「ほんとうに？」

「ほんとうに好き」

「ありがとう。ありがとう、ごめんね、波琉子」

不思議だった。母は泣いているのに、涙が流れていないのだった。いつもなら潤むはずの目が乾ききっているのだった。

「波琉子は波琉子なのよ」

母は乾いた瞳で波琉子を見つめ直した。

波琉子が反応できずにいると、波琉子は波琉子なの、ともう一度言った。

「お母さん？」

「ごめんね、波琉子。波琉子は波琉子でいいのよ。わかる？　波琉子は波琉子なの」

風景ごと母が遠ざかっていくようで、くらりとなったのをいまも鮮明に覚えている。

おそらくあの日からだろう。

母の異変をはっきり感じたあの日から、母は「はるちゃんのなかには、お兄ちゃんがいるのよ」と言わなくなったし、誕生日にふたつのプレゼントを用意するのもやめた。波琉子の瞳の奥になにかを認め、胸を突かれた表情をすることも減っていった。母の変化について波琉子がなにか口にしたことはない。ただ、心のなかで問い続けた。

お兄ちゃんがいなかったら、私はいなかったんだよね？

波琉子はフェンスから飛び下りた。前のめりになって転んだ。ブレザーの袖が破れ、リボンがほどけていた。

――幽霊が出るんだって。

同級生の声がまた耳を流れた。

立ち上がった波琉子は一歩踏み出したが、兄が溺れた池がどのへんにあるのか、そもそも池がいまも存在しているのかさえも知らなかった。一歩踏み出したきり動けなくなる。

ざざっ、と頭上で風が鳴り、突風に打たれるのを覚悟したが、密集した黒い木立が遮った。

波琉子は目を閉じた。開けた。また閉じ、開ける。闇があるばかりだ。自分の輪郭がほどけ、感覚さえもがあやふやになっていく。

兄に会いたい、と祈るように思う。会って聞きたいことがある。

一歳の誕生日にプレゼントはもらったのか。もらったとしたらなんだったのか。どうして池で溺れてしまったのか。そのときなにを思ったのか。生涯でいちばん楽しかったことは。今日、二十歳の誕生日にはなにが欲しかったのか。大人になったらなにになりたかったのか。

しかし、いちばん聞きたいのは、ほんとうに波琉子のなかに存在しているのかどうかということだった。もし、いるのだとしたらどう証明すればいいのだろう。それを教えてくれるのは兄のほかにいない。

やがて闇に目が慣れ、木立がうっすらと浮かび上がってきた。波琉子はその場にうずくまった。ざざっ、ざざざっ、ごうっ、ざざざ。風が頭上を走り抜けていく。兄が好きだった風、兄が抱っこした風の音だ。

*

月に一度、母とふたりで食事をするようになったのがいつからなのか、波琉子は記憶していない。父の死がきっかけだろうかとも考えたが、ちがう気がした。父の死は、波琉子にも母にもそれまでの人間関係を変化させるほどの影響を与えなかった。葬儀のとき母は泣いたし、波琉子も涙ぐみはしたが、悲しいというよりなにか感慨深い感じだった。父が愛人のマンションで倒れ、搬送先の病院で寿命を終えたのは四年前のことだ。

「ねえ、お母さん。田尻成彦っていう人知ってる？」

オムライスをスプーンで崩しながら、波琉子はさりげなく聞いてみた。

土曜日の夜、駅ビルの最上階にあるレストランにいる。

母がNPOの会合に参加するため頻繁に東京に来るようになったのは、父が死ぬ以前からだ。NPOの予定を終えると、波琉子と食事してから高速バスで三時間の距離にある実家に帰る。

「タジリ？」母はハンバーグを切る手を止めた。「知らないけど、誰なのその人」

よかった。あの男は、両親は死んだという波琉子の嘘を信じ、母の居場所を調べはしなかったらしい。あのときとっさに嘘をついたのは、母に、田尻成彦の姉のことを知られてはいけないという絶対的な直感からだった。

「私と同学年の人。体が大きくて、クマのプーさんみたいな雰囲気なんだけど、最近、そういう人がお母さんを訪ねていったりしなかった？」

あの男が偽名を使った可能性を考え、念のために聞いた。

タジリナルヒコ、と口のなかでつぶやいたのち、母はぱっと目を大きくした。

「もしかして、波琉子」

「え？」

「おつきあいしてる人？　あなたにもいい人ができたの？」

「ちがうよ」

「もしかしてその人、お母さんのところに挨拶に来ようとしてるのかしら。よかった、お母さん心配してたのよ。波琉子、全然そういう話しないいんだもの。お母さん、波琉子が選んだ人なら大賛成よ。波琉子もあと少しで二十九歳でしょう。仕事も大切だけど、結婚して母親になるのもいいものよ。お母さんも早く孫を抱きたいわ」

波琉子はオムライスを口に運び、ゆっくりと咀嚼する。自分がしつこく噛んでいるのは、正体のわからないぎざぎざとした感情のような気がした。

「そんなんじゃないから」

「じゃあ、どういうのかしら？」

母の笑顔が薄まらないのは、波琉子が照れていると思っているからだろう。そんな母を見ると、咀嚼したぎざぎざとした感情が胃のなかで膨らんでいき、波琉子はスプーンを持つ指に力を入れた。

結局、田尻成彦という男がなんのためにやってきたのか波琉子にはわからなかった。

兄の事故を遡《さかのぼ》ることや波琉子の勤務先を探し当てることは、新聞記者であれば容易なのかもしれない。しかしあの男は、十三歳のときに波琉子がテクノパークを訪れたことまで知っていた。とっさに否定したのは、見ず知らずの人間にあの夜のことを知られたくなかったからだ。

田尻成彦が訪ねてきた日、波琉子は彼を見送るふりをしてあとをつけた。尾行には慣れている。彼は十メートル後ろをついて歩く波琉子にまったく気づかず、西武新宿線沿線にある下宿ふうの木造アパートに立ち寄ったのち、川崎市の多摩川に近いアパートを訪ねた。ドアを開けた初老の女を見たとき、あれが田尻成彦の母親だと波琉子は直感した。ということは、彼の姉もここにいるのだ、と。

兄が溺れたときの記憶を持つ女。兄の生まれ変わりだと主張する女。

母が知ったら、どう感じるのだろう。

波琉子は目を上げ、母を見つめ直した。瞳の色が薄くなったような気がして、はっとする。ハンバーグに向けられた瞳は無防備で、すべてをあきらめたあとの穏やかさに満ちていた。かつてはこの瞳で波琉子をのぞき込み、お母さんは、いいお母さん？　と繰り返したのだ。

波琉子はなにか言いたくなった。が、かける言葉が見つからない。言いたいのではなく、ぎざぎざした感情を吐き出したいのかもしれないと思う。しかし、どうすれば吐き出せるのかわからず、息苦しさが強くなった。

母が視線に気づいて目を上げた。「なあに？」とほほえみかける。

「あれどこだったの？」

思いがけず言葉が飛び出した。

「あれって？」

ひと呼吸置くと、覚悟を決めた気になった。

「私が小学生のとき、ふたりでどこかに行ったでしょ。けっこう遠いところだったのに、結局ありふれた児童公園に寄っただけだった」

あの記憶を母にぶつけるのははじめてだった。

母はとぼけるだろうと波琉子は予想していた。なんとなく母にとってふれられたくない出来事のような気がしていた。だからこそ、いままで一度も訊ねたことがなかったのだ。

母は視線を落とし、くちびるの端にひっそりとした笑みを浮かべた。ほんのわずか筋肉を動かせば、泣き顔へと変化する表情だ。

「あそこね」母はつぶやいた。「波琉子、覚えてるのね」

忘れられるはずがない。自分ひとりを残し、母が風景ごと遠のいていく感覚。いまならわかる。あれは、自分の居場所から自分が剝がされていく感覚だった。

――波琉子は波琉子なのよ。

つまり自分は、母が望む子供にはなれなかったのだ。母が愛する「はるちゃん」から下ろされた瞬間だった。

「覚えてるのね」

そう繰り返して母は目を上げた。その視線は波琉子から微妙にそれて感じられた。

「あそこは、お母さんの実家の近くなの。昔、あの公園で男の子が殺される事件があったの。

あなたが生まれるずっと前よ。犯人は捕まらなかった。犯人が誰なのか、結局わからなかったの」

そんなことはとうに知っている。あのとき、あの公園で母から聞かされたのだから。

言葉を切った母は、くちびるの端に曖昧な笑みを刻んだままだ。

食器が下げられ、紅茶が運ばれてきた。波琉子はワインが飲みたかったが、アルコールをたしなまない母の前で飲むことはためらわれた。

母は続きを言おうとせず、ゆっくりと紅茶をかきまぜている。放っておくと、いつまでもかきまぜていそうだった。

「それで?」

波琉子は続きを促した。

「えっ」

母は驚いた顔をした。

「それでどうしたの?　犯人がわからなくて、そのあとどうしたの?」

「どうしたのって、それで終わりよ」

「その男の子、お母さんの知ってる子だったの?」

「いいえ」

「え？」

「え？」

波琉子と母は見つめ合った。母の困惑した表情を見て、自分も同じような顔をしているのだろうと思った。

それだけ？

喉までせり上がっている。ただそれだけのことなの？

母が、犯罪や事故で子供を亡くした親を支援する活動をはじめたのは、兄の事故によるものだろうが、あの公園でのことも影響しているのではないかと波琉子は考えていた。だからこそ、もっと母に直接的に関係する事柄だと思っていたのだ。

ほんとうだろうか。ほんとうに、母にも兄にも関係のない場所だったのだろうか。それならなぜあの公園に連れていかれたのだろう。なぜあの公園で「はるちゃん」から下ろされなければならなかったのだろう。

私がなにかをしたからだろうか。私がなにもしなかっただろうか。

沈黙を嫌った母が、仕切り直すように首を振り、

「そういえば、あの人どうしてるかしらって、最近よく考えるのよ」

と、話題と口調を変えた。

「マンションの隣に住んでた人のこと？」

波琉子は先まわりした。

「そう、蔓井さん」

母は笑った。

あの母子の話は母のお気に入りで、会話が途切れたときによく持ち出される。この話題になると、波琉子はきまって母をひっそりといたぶっている残酷な気持ちになるのだった。

「蔓井朱実さん、お元気かしら。案外、彼女のほうが私よりも先におばあちゃんになってたりしてね」

ありうるわよねえ、と母はくすくすと笑った。

軽く振るだけで、母は何度でも蔓井母子の話をした。まるで彼女たちが自分の誇りとでもいうように、瞳を輝かせ、頬を高くして、どこかうっとりと語るのだった。

「最初はなんてひどい母親なんだろうと思ったわ。だって金髪だし、爪も伸ばしっぱなしだし、涼太君にも季節はずれの恰好をさせてるし」

「お母さん、虐待してると思ったんでしょう？」

自分の内側で膨れ上がっていく残酷さを意識しながら、波琉子は先を促した。

「そうなの。ひどいのはお母さんのほうだったのよね、見かけだけで判断したんだもの。暴力をふるう夫から逃げてただなんて、まさかあの宅配便の男が夫だったなんて想像もできなかったわよ」

母の説明によると、波琉子はあの夜の出来事のほぼ一部始終を見ていたらしい。しかし、波琉子の記憶はところどころ抜け落ちていて、あれは殺人未遂などという物騒なものではなく派手な夫婦喧嘩として刷り込まれていた。覚えているのは、男の怒声、灯油のにおい、パトカーのサイレン、そして堅くつなぎ合ったふたりの手だ。

「蔓井さん、夫に首を絞められながら、自分に火をつけようとしたのよ」

結末はわかっている。彼女は命をかけて子供を守った素晴らしい母親だ、だ。さらに加えるなら、きっとあの母子は幸せになっている、だ。

母は知らない、その話に続編があることを。

彼が訪ねてきたのは、波琉子が中学二年になってすぐだった。学校から帰宅すると、マンションのエントランスに座り込んでいる少年がいた。それが蔓井涼太だった。

友高？　と聞かれ、そうだけど、と答えたときには彼が誰なのかわかっていなかったし、俺ツルイ、と言われてもまだ思い当たる人はいなかった。子供のときに同じマンションに住んでいたと説明され、ようやく母がよく話題にする蔓井母子の子のほうだと気づいた。が、低学年のときに何度か見かけただけの彼に覚えはなく、母とつないでいた手だけを鮮明に記憶していた。

　蔓井涼太は波琉子よりひとつだけ年下のはずだったが、身長は波琉子の鼻の頭くらいしかなく、華奢な首からつながる体は薄っぺらで、小学四、五年生にしか見えなかった。制服ではなく、ぶかぶかのパーカを着ていたせいかもしれない。

「俺のこと覚えてないだろ」

　しかし口調や仕草には大人びた落ち着きがあった。

　彼は、以前暮らしていたマンションの大家から友高家の引越先を聞いたと告げた。

　近所の公園に行った。ベンチに座って缶コーヒーのプルタブを起こした彼は、子供が大人の役を上手に演じているように見えた。

「キミのところのおばさんは元気？」

　涼太はそんな切り出し方をした。

「元気だけど」

「相変わらずいい母親？」

「なんでそんなこと聞くの？」

「最後の言葉だったから」

「誰の？」

「おふくろ」

ベンチに隣り合って座ることに抵抗があり、波琉子は涼太の斜め前に立っていた。

「あ、生きてるよ」

返答できずにいる波琉子を察して彼はそう言い、「と思うよ」とつけたした。

思う、と波琉子はくちびるの先でつぶやいた。

「出てった」

「え？」

「男と」

「男」

「学校から帰ったら、くっだらない置き手紙があった。それから一か月くらいたつけど帰ってこないねえ」

語尾だけがひなたぼっこをしている老人のようだった。

「おふくろが最後に話したのが、キミのお母さんのことだった。出ていく前の晩、あんな母親になれればいいのに、ってべろんべろんに酔っ払いながらさ。それまでも男つくってよく家を空けてはいたんだけど、今度は戻らないような気がするよ」

母から聞かされる蔓井朱実と、涼太が語る母親がつながらなかった。母が披露する物語のなかの彼女は、人々の心を試すために神様が偽りの外見を与えた聖母だった。偏見を持たない人間にだけほんとうの姿が見えるのだった。

涼太にも同じことがいえた。彼は愛らしい顔立ちと控えめな態度を持つ天使のような子供のはずだったが、目の前にいるのは細い目がつり上がった平べったい顔つきの少年だった。

「いまでもいい母親なんだろ？」

そう言って波琉子をまっすぐ見上げた細い目が、生まれたての小動物のように輝いていた。

「いい母親だったよ」

過去形で答えていた。

「いまはちがうのか？」

波琉子はふたり分の距離をあけて彼の横に座った。

「ちがわないと思う。ただ私が、お母さんはいいお母さん、って言わなくなっただけ。だって、聞かれなくなったから」

「普通、言わないし聞かれないだろ」

涼太は笑ったが、波琉子は笑えなかった。

母は、いい母親なのだろう。同級生たちが愚痴る母親のように感情を垂れ流しにすることも、意味なく叱ることも、なにかを強制することも、口うるさく文句を言うことも、ない。家はいつも清潔に整えられ、食卓には手の込んだ料理が並び、手づくりのケーキやクッキーが出されることもある。

「でも、あのころとはちがう」

誕生日に、自分の年齢より七本多いろうそくがケーキにともされ、ふたつの誕生日プレゼントをもらっていたあのころ。自分を見つめる母の瞳が温かく潤んでいたあのころ。

「どういうこと？」

「変わったんだと思う」

「キミのお母さんが？」

「わからない」

「俺はキミがなに言ってるのかわからないよ」

かつて母ときつく握り合った手を持つ少年に、波琉子ははじめて家族以外の人に兄のことを話した。

兄の幽霊に会おうとテクノパークに行ったのは二か月前だった。警備員に見つかり、警察に連絡をされた。交番に迎えに来たのは父だった。もういいんだよ、と帰りの車のなかで父は言った。

お父さんも長いあいだつらかったんだ。でも、認めなきゃならない。波琉子のお兄ちゃんはもうこの世界にはいないんだ。それは消えるということじゃなく、家族の心のなかで生き続けるってことなんだよ。昇華ってわかるか？

そう聞かれ、首を横に振ったが、わからないのは昇華の意味ではなく、父の言うなにもかもだった。

母は鍋焼きうどんといちごを用意し、浴槽に湯を溜めて待っていた。おかえり、とくちびるの端に曖昧なほほえみを刻んでいたが、泣き顔がまだらに残っていた。

私は、兄のように母を温かく潤ませることはできない。ごめんなさい、と口にした言葉を母は別の意味に受け止め、すごく心配したのよ、と無理に笑った。

「誕生日が同じなんてすっごい偶然」

涼太はおもしろがる口調で言った。

あ、と波琉子はつまずいた心地がした。

偶然――。兄と私の誕生日が同じなのは、ただの偶然で、そこに意味などないのだろうか。

涼太とはその後、四、五回会った。

彼は母親と暮らしていたアパートにひとりで住み続けた。彼が母親の出奔を知らせたのは、マンションを経営する大伯母夫妻にだけだった。涼太を引き取らざるを得ない事態を恐れた彼らは、中学卒業までの学費と生活費を支払った。中学を卒業した涼太は、髪を金色に染め、だぼついたジャージの上下を着るようになった。彼が違法な仕事をしていることと同性愛者であることを知ったのはそのころだ。

最後に会ったのは、波琉子が高校二年のときだった。カラオケボックスに行き、コンビニで買い込んだビールやカクテルを飲みスナック菓子を食べた。

名前が変わった、と涼太が言った。

「松井俊《まついしゅん》になりましたあ。今後ともよろしくお願いしまーす」

「どういうこと?」

「いま言ったとおりだよ」

「わかんないよ」

「戸籍を売ったんだよ、これで」

そう言って涼太は指を三本立てたが、それが三万円なのか三十万円なのか、もっと高額なのか確かめる気にはならなかった。

「しかも、新しい戸籍はただでもらったんだからぼろ儲けだろ?」

「名前が変わってちがう人になったってこと?」

涼太はポテトチップスの油がついた指をジャージでぬぐい、

「名前なんかに意味ねえよ、どうでもいいんだよ」

と、いつのまにか低くなった声で続けた。

「意味あるよ」

波琉子は言っていた。

「親がつけた名前だからってか？　願いが込められてるからってか？」

涼太は鼻で笑った。

「名前には意味があるんだよ」

ムキになっている自分をもてあましながらも波琉子は繰り返した。

涼太のまなざしには、憐れみと蔑《さげす》みが入り混じっていた。

「意味ねえよ、ただの記号だよ。名前と同じように、生まれることにも死ぬことにも意味なんかねえよ、ただの生き物の話じゃないか」

波琉子はなにか言い返そうとした。が、言葉は喉の奥でもつれていた。

「蠅が一匹飛んでることにどんな意味があるんだ？　窓のサッシで死んでることにどんな意味があるんだ？　脳みそにしわが多ければ、命に価値が生まれるのか？　生きることと死ぬことの意味が変わるっていうのか？」

その数か月後、彼は松井俊として死んだ。新聞記事では、年齢は五つ上の二十歳になっていた。崖下で白骨化した状態で発見されたという彼の顔写真は、松井俊ではなく蔓井涼太のままだった。

母は新聞を読んでも気づかなかった。物語のなかの天使が十五歳で死んだことも、おそらく誰かに殺されたことも。

「あ、ねえ、遠足のこと」

母が両手を合わせ、思いついたような声を出した。

「波琉子に言ったことあったかしら。あなたが小学一年生のときの遠足に、全然関係のない蔓井さんたちも途中まで一緒についてきたのよ。波琉子、覚えてないかしら」

知らない、と波琉子は答えた。

「あとで聞いたら、涼太君にピクニックみたいなことをさせてあげたかったんですって。あのころの蔓井さんたち隠れて暮らしていたから、昼間にみんなで公園に行くことも特別なことだったのね。でも、ふたりともつまらなそうな顔をしてただついてくるだけなのよ。おかしいわよね。蔓井さん、やさしくて不器用な人だったのよ」

その出来事は知らなかったが、以前涼太が言っていたのを思い出した。

――俺のおふくろって、十のひどいことしても、ひとついいことすれば、全部チャラになると思ってんだよ。しかもそのいいことっていうのが、値引きしてない寿司買ったりファミレス連れていったり、ってその程度なんだからばかにしてるよな。男つくって出てったことも、ごめんねって頭でも撫でれば赦されると思ってんじゃねえの。母親って自分に都合よく考える生き物だよな。

母が時計を気にした。高速バスの時刻が迫っている。

「また蔓井さんたちに会いたい？」

「もちろんよ。会っていろいろ話したいわ」

そう言ってほほえむと、そろそろ行かなきゃ、と腰を浮かせた。

寒さがゆるんだ夜だった。波琉子は、母につきあいバス待ちの列に並んだ。

「いいのに。風邪引くわよ」

「うん。大丈夫」

寒さを感じないのに白い息が流れた。

「ねえ、波琉子」

波琉子に顔を向けず、前を見たまま母が呼びかける。

「なあに？」

母はなかなか口を開かない。目の前を車が次々に通り過ぎていく。

「さっきのこと」

「え？」

「ふたりで遠くの公園に行ったときのこと」

母がなにを言うつもりなのか予測がつかず、「うん」と続きを促した声は緊張でうわずった。

「覚えてるのね」

母はさっきとまったく同じことを言い、

「どうして覚えてるの？」

と続けた。波琉子に答えるすきを与えず、「ちがう、ちがうの。そうじゃないの」とひとりごとを言う。

「さっき、どうして急に公園のことを聞いたの？」

まだ目を合わせようとしない。

「どういうこと？」

「波琉子は覚えていないと思ってたから」

「覚えてちゃだめだった？」

きつい口調に弾かれるように母は波琉子を見た。

「そうじゃないわ。ただ、なにかあったのかなと思って」

「なにもないよ。あるわけないでしょ。ただ覚えてるから聞いただけ。聞いちゃだめだった？」

いけないいけないと思いながらも、棘のある言葉を止めることができなかった。いままで母に、こんな攻撃的な言い方をしたことはなかった。あの男のせいだ。波琉子は、突然現れた田尻成彦を憎んだ。

母は息を深く吸い込んだ。

「お母さんね、波琉子にずっと聞きたかったことがあるの。波琉子、お母さんのこと赦してないでしょう」

母は波琉子をまっすぐ見つめている。

「赦す？　赦すってどういうこと？」

荒々しい気持ちが一気に鎮まった。

――お願い、お母さんを赦して。

公園での母が浮かび上がる。あのとき母は、泣いているのに涙を流していなかった。乾きった目を波琉子に向けていたが、そのまなざしは波琉子をすり抜けていた。

「お母さんこそ」

無意識のうちに言葉がこぼれた。

「お母さんこそ私を赦してないでしょう」

えっ、と絶句した母を見て、波琉子は激しく後悔した。

「それ、どういうこと？」

案の定、母は聞いてきた。

「だって私のせいだから」

「なに言ってるの？　なんのこと？　だってあなた、赦されないようなことなにひとつしてないじゃない。ねえ、私のせい、ってそれどういう意味なの？」

高速バスが滑り込んできた。プシューと音をたててドアが開く。

「じゃあね」

波琉子はバス待ちの列からはずれた。

ちょっと待って、と波琉子を追いかけようとした母を留めるために、「じゃあね」ともう一度告げた。背を向ける間際に見えた母は置き去りにされる子供のような顔をしていた。

兄の生まれ変わりだと主張する女がいると知ったら、母はいまでも一歳の誕生日プレゼントについて聞くだろうか。背中に母の視線を感じながら、波琉子は考えた。冷やし中華を食べさせようとするだろうか、年齢分のろうそくをともすだろうか、瞳を温かく潤ますだろうか。

母と会った翌日、波琉子は多摩川近くの木造アパートに行った。陽の明るさに晒された共和コーポは、四日前、田尻成彦をつけた夜に見たときよりも古びて見えた。

兄の生まれ変わりだと主張する女のことを考えると、さまざまな感情が入り混じり、やすりとやすりがこすれ合うようなざらつきを胸に感じた。いちばん強いのは怒りだが、戸惑いや哀れみもあった。三十を過ぎてもまだ自分が生まれ変わりだと信じているなんてあり得るだろうか。もしそうだとしたら、彼女はどのように周囲と、そして自分自身と折り合いをつけて生きてきたのだろう。

しかし波琉子には、生まれ変わりだと思い込んでいられるほうが幸せなのかもしれないとも思えるのだった。

幼いころは波琉子も純粋に信じられた。母の言うように自分は七つ上の兄の生まれ変わりで、自分のなかには兄がいるのだ、と。それは特別で尊いことなのだ、と。

はじめて一滴の濁りが落ちたときのことを覚えている。あれは小学校に上がる前の誕生日の夜だった。母が、兄の一歳の誕生日にプレゼントをあげたのかどうか思い出せない、と言った。もらわなかった。波琉子はとっさにそう答えていた。そのときはなぜ追い立てられるように答えたのかわからなかった。

それが突きつけられたのは、小学生になってまもなくだった。なにかの拍子に波琉子は、兄の生まれ変わりであることを教室でしゃべってしまった。証拠見せろよ、とひとりの男子が言った。生まれ変わりなら男だったときのこと覚えてるだろ？ 覚えてること言ってみろよ。波琉子が答えられずにいると、じゃあどうやっておしっこしたんだよ、やってみろよ、と続け、周囲から笑い声があがった。

波琉子の胸のなかで後ろめたさがくっきりと形を持ったのと同時に、母に悟られてはいけないと強く思った。

――お兄さまが亡くなった場所を訪ねることで、記憶にないものを探し出そうとしたんですか？

なにも知らないくせに、田尻成彦はそう言った。

記憶がない。それは小学生の波琉子が囚われていたことだった。

なぜ兄の記憶がないのだろう。波琉子は自分のなかに、兄が感じたことや考えたこと、五感の名残、切り取られた一瞬の光景、そういったものが残っているはずだと考えた。溺れたときのことを想像した。息苦しくなり鼓動が速くなったが、それが兄の記憶によるものなのかは自信がなかった。浴槽の湯に頭まで浸かったことも、洗面器の水に顔をつけたこともある。限界まで我慢した。肺がからっぽになり、頭が白くかすんだ。それでもこの苦しさが兄のものだとは感じられなかった。

きっと忘れているだけだ、いつか思い出すはずだ。そう言い聞かせても、母を騙している後ろ暗い気持ちは濃くなっていくばかりだった。

波琉子はいまでも人の目をじっと見つめる癖があると指摘される。たぶん、子供のころから母に気づかれるのを恐れ、口をつぐみ、顔色をうかがっていたからだろう。

田尻成彦が現れてから子供のころを思い返してばかりいる。あのころを思い返すことは、長い年月をかけて築いてきたダムを壊すことだ。かろうじて堰き止めていたつもりの罪悪感や絶望感が、ひび割れた箇所からいまに流れ込んでくるのを感じた。だからこそ昨日、赦してないでしょう、と母に問われたとき、ほとんど反射的に同じことを問い返してしまったのだ。あのとき、もし母があれほど驚いた顔をしなければ、「はるちゃん」になれなかった私を赦してないでしょう、とダムの向こうから流れ込む声をそのままぶつけてしまったかもしれない。

波琉子は、足音をたてないようにアパートの外階段を上った。左端のドアの前に立つ。ほかの部屋の前には植木鉢や発泡スチロールの箱などがあるが、二〇一号室の前にはなにもなく、表札も出ていない。

田尻成彦をつけた夜を思い出す。母親らしい女は目にしたが、姉を見ることはできなかった。田尻成彦は、池で溺れた男児のことを姉に伝えたのだろうか。生まれ変わりなんかではなくただの思い込みだと説明し、姉は納得したのだろうか。

しばらく躊躇したのち、波琉子はインターホンを押した。女に会ってどうするつもりなのか、なにを告げるつもりなのか、決めてはいなかった。ただ、兄の生まれ変わりだと主張する女をこの目で見たいだけだ。

応答はない。繰り返し押しても同じだった。

「どうしたのさ」

階下から声がかかった。一階の住人らしい女が、外階段の下から見上げている。七十代だろう、えんじ色のショッピングカートを引いている。

「しつこくピンポン鳴らしても奥さんならいないよ」

そうですか、と答えて階段を下りても、女はまだ波琉子を見ていた。

「あんた、保険の勧誘かなんかかい」

「いえ」

「じゃあ宗教の勧誘かい」

目を三角形にした疑り深い表情だ。

「勧誘じゃないです。ちょっとお話ししたいことがあって」

「奥さんにかい」

「いえ」

「なに、娘にかい」

女は驚いた顔になった。

「でもお留守なんですね。出直します」

これ以上詮索《せんさく》されないよう立ち去ろうとした波琉子を女が呼び止めた。

「娘ならいると思うよ」

「え？」

「でもピンポン鳴らしても無駄だよ」

そう言って波琉子の耳に顔を近づけ「ひ、き、こ、も、り」とささやいた。

「夜中にこっそりコンビニ行くくらいで、ずっとうちにいるんだよ。しかもヒステリーっていうの？　昨日の夜も、いい歳して母親にわんわん当たり散らす声が聞こえてうるさいったらなかったよ。あれじゃ奥さんも苦労が絶えないわ」

ひそめているつもりの声は決して小さくはなく、部屋にいるかもしれない女に聞こえるのではないかと気になった。

「あんた、もし娘に会ったら注意してやってよ」

女はそう言い残し、ショッピングカートをからから鳴らしながら歩いていった。

波琉子はアパートの裏にまわって窓を見上げた。薄灰色に見えるあの場所に、兄の生まれ変わりだという女がいる。きちんと言葉にして考えてもぴんとこなかった。

そのとき、カーテンの端が揺らめき、顔が現れた。髪の長い太った女だった。目が合ったのを感じた。その瞬間、得体の知れない恐怖に囚われた。波琉子が目をそらすよりも先に、女はさっと窓辺から消えた。ほんの一、二秒のことだったが、沈んだ目と陰鬱な雰囲気が伝わってきた。

あれが兄の生まれ変わり？　冗談でしょ、と笑い飛ばしたいのにできない。気がつくと、これは兄からのメッセージなのだろうか、と考えていた。二十九年間失われていた記憶が、あの女を介してよみがえろうとしているのだろうか。そんなことを考える自分を、どうかしている、と叱った。

美容室とスーパーに寄り、アパートに帰ったのは夕方だった。

コートを椅子の背にかけ、冷蔵庫から缶ビールを出した。あっというまに飲み干し、二缶目を持って洗面台の前に立つ。

鏡に映っているのは、いまどきのどこにでもいる女だ。つややかに染めた栗色の髪、茶色く描かれた眉、カールした漆黒のまつ毛、くちびるにはピンクベージュのグロス。髪のあいだから花をモチーフにした金色のピアスがのぞき、胸もとにはコットンパールが鈍く輝いている。

あれが兄の生まれ変わり？　冗談でしょ、と笑い飛ばそうとした数時間前を思い出し、それは自分も同じだと静かに思う。

自分の姿を改まって眺めるたび、知らない女に見つめ返されている気持ちになる。

波琉子が髪を伸ばし、化粧をするようになったのは大学を卒業してからだ。あのときはそれまでの自分をふっきるつもりだった。しかしその裏側で、いちばんなりたくない姿になってやろうという投げやりな衝動もあった。まぶたやくちびるに色を塗り、髪を染め、アクセサリーで飾りたてることは兄から遠ざかる行為に思え、してはいけないことをしている気になった。

7
赦されない妹

飲み会の誘いを合コンだからと断り、波琉子は六時に会社を出た。

バスを待ちながら携帯を確認し、田尻成彦からの着信がないことを知る。会社に訪ねてきた日以来、彼から連絡はなく、それればかりか波琉子からかけてもつながらなかった。

バスと私鉄と地下鉄を乗り継ぎ、いつものカフェのいつものカウンター席についたのは七時半だった。大きな窓越しに通りに目を凝らすと、帰路につく会社員たちが駅の方向に右から左へとせわしない流れをつくっている。

やがて待ち続けた顔が視界に飛び込んできた。波琉子に左頬を見せ、一秒、二秒、三秒、四秒、最後は後ろ姿になり、窓の左側へと消えていった。

佐々《さ さ》原敦志《はらあつし》を見るのは一週間ぶりだ。前髪が伸びたみたいだ。目に疲労の色があった。グレーのコートを着ていた。ひとりだった。たぶん自宅マンションにまっすぐ帰るのだろう。

彼が勤める会社は、このカフェのふたつ隣のオフィスビルに入っている。彼がカフェの前を通るのは八時から十時のあいだが多い。もっと早い退社や外出先からの直帰、出張もあるのだろう、こうやって待っていても会えるのは二、三回に一回の割合だったし、波琉子自身残業で来られない日も少なくない。

店を出ると、人の流れの向こうに佐々原敦志の後ろ姿を見つけた。追いかけたい衝動を抑え、地下鉄の駅へと歩く彼のあとをついていく。気づかれないようにすることにも見失わないようにすることにも注意を払う必要がないのは、ほど良い距離感を体がすっかり覚えているからだ。

地下鉄を待つ同じ列に並び、同じドアから車両に乗り込む。途中、会社の同僚から届いたメールに返信を打っていると、つり革につかまった佐々原敦志もメールを打っていて、同じ時間に同じ行為をしていることがただの偶然とは思えず、彼と自分はつながっているのではないかと錯覚しそうになる。

カフェを出てから一時間後、波琉子は雑居ビルの非常階段、五階と六階のあいだの踊り場にいた。佐々原敦志が自宅マンションに入るのを見届けてから来たのだった。両側をビルに挟まれ前方にも建物があるが、まっすぐ前は視界が開け、彼が暮らす部屋のベランダが見える。

波琉子はバッグから双眼鏡を取り出した。ベランダの窓には明かりがともり、レースのカーテン越しにニットとジーパンに着替えた佐々原敦志がソファでくつろいでいるのが見える。

ふと、このあいだの母の言葉を思い出した。あなたにもいい人ができたの？　と華やいだ声だった。

波琉子は、双眼鏡越しの光景に自分を加えようとした。佐々原敦志の隣に座って一緒にテレビを観ている姿を描きかけた途端、胸の奥から湧き上がった暗い衝動が架空の映像をかき消した。

佐々原敦志を見ていると思い出すことがある。猫が何度も生まれ変わる絵本を読んだときのことだ。誰かを好きになり幸せになってしまった猫は、もう生まれ変わらなかった。そこで物語は終わっていた。恐ろしかった。恐ろしいのに繰り返し読むことをやめられず、休み時間のたびに図書室でページをめくった。誰のことも好きになってはいけない、幸せになってはいけない、と小学生だった波琉子は歯を食いしばるように思った。そのときの波琉子には、自分が幸せになることは、自分のなかにいる兄の存在を否定することに感じられた。

双眼鏡のなかの佐々原敦志が体を起こし、ローテーブルに手を伸ばした。携帯を耳に当てると立ち上がり、居間を出ていく。

波琉子は一度双眼鏡を目から離し、大きく息を吐いた。階段の踊り場に明かりはなく、白い息が夜に溶けていくさまがはっきり見えた。

再び双眼鏡をのぞき込んでまもなく居間の電気が消えた。双眼鏡を下に向けたが、ここからマンションのエントランスを見ることはできない。非常階段を下りて通りに出ると、佐々原敦志がマンションから出てきたところだった。黒っぽいブルゾンとマフラーのラフな恰好で、両手をポケットに入れて駅のほうへと歩いていく。

駅前のスーパーで佐々原敦志を待っていたのは、彼の妻だった。

紺色のコートにブルーグリーンのマフラーを巻き、髪をひとつにまとめた彼女は、夫を見つけると背伸びするように手を振った。彼女が佐々原敦志よりひとつ年上で、彼の会社の取引先に勤め、緑色のものを好んで身につけ、月に二回ヨガ教室に通っているのを波琉子は知っている。

ふたりがスーパーから出てくるのを、斜め向かいのゲームセンターに入って待った。まもなく出てきたふたりは腕を組み、佐々原敦志の手には長ねぎが飛び出たレジ袋があった。もうすぐ十時になるところだ。これから食事の仕度をし、一緒に食べるのだろうか。そんなことを考えながら、マンションに入るふたりを見届けた。

急いで雑居ビルに向かい、双眼鏡を目に当てた。が、ベランダの窓には遮光カーテンが引かれていた。佐々原敦志の妻は大らかな夫とはちがい、電気をつけるときには必ず遮光カーテンを引くのだった。しばらくのあいだ、双眼鏡越しに灰色に閉ざされた窓を見続けたが、現れるものはなかった。

波琉子が佐々原敦志をつけるようになって五年がたつ。こんなに頻繁になったのは一年前、彼が結婚してからだ。

いつこれが終わるのだろう、と思う。いつまでも終わらないのだろうか。

これが恋なのか、それとも別のものなのか、波琉子には判断できない。ただ、小学生のときに恐れた「好き」であることはわかる。それは野放しにすると「幸せ」につながってしまう感情だった。

別の人を好きになればいいのか、とも思う。しかし、もしなれたとしても、同じことをしてしまうだろう。

変化のない灰色の窓を眺め続けているうちに、太った女が立ち昇った。目が合った瞬間のぞくっとした感覚を思い出し、あのとき感じたのは恐怖ではなく、兄の記憶を持つことへの嫉妬だったのではないだろうか、と唐突に思いつく。すると、双眼鏡をのぞいて自分が待っているのはあの女だという気になった。いまだけじゃなく、佐々原敦志をつけるようになった五年前からずっと待っていたのではないか、と。

波琉子は双眼鏡を下ろした。名前のつけられない荒れた感情が心臓に流れ込み、一瞬、息ができなくなった。怒りか、と考える。それとも恐れか不安か。

母が、あの女のことを知ったらどうするのだろう、と繰り返し考えたことをまた考える。お母さん会ってみたいわ、と言うかもしれない。女の思い込みを信じるかもしれない。温かく潤んだ瞳であの女をのぞき込むかもしれない。

連絡がほしいとメッセージを入れても、田尻成彦は電話をしてこない。メールを出しても返信はない。

携帯を失くした可能性を考え、名刺にある勤務先の新聞社に電話をかけた。応対した男にしばらく待たされた挙句、席をはずしていると言われ、避けられているのではないかと思い至った。しかし、避けられる理由などないはずだ。波琉子は終業時間を聞いて電話を切った。

会社からまっすぐ田尻成彦の勤務先に向かい、着いたのは九時五分前だった。建物裏にある職員通用口の横で待っていると、三十分もたたずに見覚えのある男が出てきた。

「たーじりさんっ」

彼は波琉子の声に大きな体をびくっとさせ、あ、どうも、ともごもごつぶやいた。

「あ、あの、すいませんでした。電話やメールをいただいてたのに」

「そうですよう。どうして連絡くれないんですか？」

「あ、はい。ちょっと、忙しくて」

すみません、と気弱につけたす。

ほんとうに避けられていたのだと波琉子は確信した。無意識によるものだろうが、彼は視線だけでなく顔の向きさえもわずかに波琉子からそらしている。

「あの、どうしたんですか？」

「合コン」

「え？」

「合コンしようってこないだ言ったじゃないですか。メンバー集めお願いしますって」

「ああ」

田尻成彦の顔に安堵が広がるのが見えた。

「でも、その前にお姉さんに会わせてください」

彼のくちびるが息をのむように動いた。

「私の兄の生まれ変わりとか、溺れたときの記憶があるとか言ってるんですよね」

田尻成彦はなにも言わない。屋外灯に照らされた顔半分が、まるで石像のように硬く見える。

いいえ、とやがて彼はつぶやいた。

「もう大丈夫ですから」

「大丈夫、ってどういうことでしょう」

つい素の声が出た。

「だから大丈夫なんです」

「記憶の刷り込みだって説明したってことですか？　あなたのお姉さん、それで納得したんですか？」

「そうです、そのとおりです」

「三十年以上信じてた人が、そんなに簡単に納得できるものですか?」

「いえ、それも僕の勘違いでした」

「勘違い? どういうことですか?」

「だから全部勘違いだったんです。あなたのお兄さまのことは関係ありませんでした」

なぜ田尻成彦は視線を合わせようとしないのだろう。

波琉子は、会社にやってきた数日前の彼を思い返していた。あのときの田尻成彦は自分自身の思考を整理できていないようだったが、真実を知りたい、という強い欲求を確かに持っていた。それなのになぜ態度を豹変《ひょうへん》させたのだろう。

「このあいだ私に聞きましたよね。記憶にないものを探し出そうとしたんですか、って。それはあなたのほうなんじゃないですか? だから、私の兄のことを調べまわったり、テクノパークで池を探した人のことを突き止めたりしたんじゃないですか? 田尻さん、あなたほんとうはなにを知りたいんですか?」

田尻成彦は少しのあいだ沈黙を貫いた。まるで重しをのせられ声が出ないようだったが、うめくように言った。

「なにも知りたくない」

「はい？」

「なにも知りたくないし、なにも知りません」

この男は自分がなにをしたのか、少しも気づいていないのだ。乱暴に突っ込んだ手で家族の過去をかきまわし、ちぎれた血まみれの内臓を差し出したくせに、自分がそんな残虐な行為をしたとはこれっぽっちも思っていない。

「それ、勝手じゃないですか？」

怒りで声が裏返った。

「ほんとうにもういいんです。ご迷惑をおかけして申し訳ありませんでした」

田尻成彦は頭を下げて立ち去ろうとした。待ってください、と腕をつかむと、すぐさま振り払われた。

「あ、すいません」

田尻成彦は自分自身に驚いたようだった。

「関係ありませんから」

田尻成彦は言った。きっぱりとした口調だが、やはり波琉子を見てはいない。

「なにがですか？」

「僕は関係ありません」

そう繰り返し、まだ仕事が残っているので、と早口で言い捨て職員通用口を戻っていった。

波琉子は動けなかった。取り残されたような行き場のないような、この身動きできない感覚をよく知っている。そう思ったら、夜のテクノパークが広がった。兄の幽霊に会いに行ったあの夜、自分のなかに兄がいるのかどうか聞きたかったのに、フェンスを乗り越えたところで動けなくなったのだ。

あれからたくさんの時間がたったと思っていたのに、あの夜はまだこんな近くにあるのだと愕然とした。半歩下がるだけで簡単に戻れてしまう。

衝動のままあの女のアパートに向かいかけた波琉子を、母からの電話が止めた。

「あ、波琉子？　まだ会社かしら」

わざとらしいほどののんびりとした声音。このあいだの夜にはふれないつもりなのが伝わってきた。

「ううん、帰る途中」

波琉子も、母にならい穏やかに答える。

「いま大丈夫？」

「うん。どうしたの？」

「たいしたことじゃないのよ。なにか食べたいものがあるかなあと思って電話したの。そろそろおかずを送ろうと思って。野菜不足だろうから、筑前煮ときんぴらごぼうはつくるけど、ほかにリクエストはない？」

冷やし中華、と答えたら母はどう思うだろう、ととっさに考えてしまった自分に嫌気が差した。

「特にないかな。おまかせします」

母は一、二か月に一度のペースで、数種類の惣菜をつくって送ってくる。波琉子が大学生のときから続いている慣例だ。料理をする母を見ると、母が食べさせたいのは自分ではないのだと子供のころから思ってきた。特にご馳走が並ぶ誕生日の夜は、兄が食べるべきものを横取りしている気持ちになった。

「ねえ、波琉子。おつきあいしている人がいたら教えてね」

改まった口調に、母はまだ田尻成彦のことを誤解しているのだと察した。

「そんな人いないから」

「お母さん、波琉子が決めた人なら心から賛成するし祝福するわよ。きっとお父さんだって同じだと思うわ」

「そんなに結婚してほしいの？」

「波琉子には幸せになってほしいのよ」

小学生のときに告げた誓いの言葉を母は覚えているのか、無性に聞きたくなった。

「お母さんも早く孫を抱きたいしね」

ついでのように言った母のほがらかな声が、いつまでも耳に残った。


佐々原敦志の妻が通うヨガ教室に、波琉子は二か月前から通っている。

彼女としゃべったことはなかったが、彼女と友人の会話からたくさんのことを知った。佐々原夫妻が年末年始に沖縄に行ったこと、新婚旅行はモルディブだったこと、いまも一日に何回もメールをし合っていること、夫の腹まわりに早くもメタボの兆候が現れていること、彼女のラッキーカラーが緑であること。一見控えめな彼女は自分のことを話すのが好きなタイプのようで、友人はいつも聞き役に徹していた。

「ごめーん。今日はダンナさまと待ち合わせしてるの」

友人からの食事の誘いを佐々原京香《きょうか》は断った。手にしたニットをなかなか着ず、エメラルドグリーンのブラジャーと豊かな胸の谷間を見せつけるように堂々と立っている。隣のロッカーを使う波琉子の鼻先に、やわらかそうな胸が放つほのかな体臭が届いた。

「いつも近所ばっかりだから、久しぶりに表参道。人気のイタリアンバル予約したの。こんな時間からイタリアンなんて太りそうだけど、たまにはいいよね。ヨガで代謝もよくなってるはずだし。でも、私がよくても彼のほうがやばいんだあ。三十歳で早くもメタボっぽいもの」

言い終えると、京香はやっと頭からニットをかぶった。

「相変わらずラブラブよねえ」

「いまのうちだけだもん。子供ができたら外食なんかできなくなるでしょう?」

「京香、子供欲しいんだもんね」

「欲しいっていうか、今年中には絶対つくっちゃうよ。それで会社辞めるんだ。二年後にふたりめつくって、そのあたりで実家に帰りたいなあ」

「福岡だっけ?」

「そう。ダンナさまに実家を継いでもらうつもり。まだ言ってないんだけどね」

着替えを終えた京香は束ねた髪を一度ほどき、手ぐしで束ね直した。モスグリーンのバレッタをつけるその手が、波琉子の肩に当たった。

「あ、ごめんなさい」

彼女が首をねじった。波琉子のほうに顔を向けたのはほんの一瞬だけで、視線が合うことさえなかった。

「あ、いえ」

と波琉子が答えたときにはすでに友人のほうに顔を戻し、「だから、いまのうちに楽しまないとね」とおしゃべりを再開していた。

波琉子は、目の前にいる京香を双眼鏡越しにのぞいている気になった。手を伸ばしても届かないし、声を出しても聞こえない。一方的に見ているだけで、向こうからこちらは見えない。

その感覚は、彼女のあとをつけて駅へと歩いているときも消えなかった。友人を残してビルを出た京香は歩きながら耳の後ろに香水をつけ、そのにおいが時間差で波琉子の鼻孔に入ってきた。それでも彼女とは隔たった場所にいるようだった。ふいに、彼女だけじゃなく、前を歩く人たち、すれちがう人たち、走り去る車、建ち並ぶビルや窓の明かりやネオンまで、目に映るすべてが双眼鏡越しの光景に感じられた。

自分の居場所から自分が剝がされていくあの感覚に似ていた。

波琉子は、数時間後までの自分の行動を想像した。この女をつけていき、数十分後には佐々原敦志を目にする。イタリアンバルに入っていくふたりを見届け、出てくるまで待つ。そしてまたマンションに帰るふたりを尾行し、雑居ビルの踊り場から双眼鏡でのぞくのだ。

いつこれが終わるのだろう。いつまでも終わらないのだろうか。

駅に入り、改札を抜け、電車を待つ京香のすぐ後ろに立った。ローズ系の甘い香りがする。

モスグリーンのバレッタが少し斜めになっている。薄い耳の縁がうっすら赤らんでいる。バッグから携帯を取り出した彼女の「あーちゃん？　うん、いまヨガ終わって駅にいるの」と張り上げた声を波琉子はひとことも漏らさずに聞いた。

「あーちゃんは？　あ、ほんとにい？　大丈夫そう？　よかったあ。うん、三十分くらい。じゃあ予定どおりね」

はーい、あとでねえ、とべたついた声で通話を切ると、今度はメールを打ちはじめた。

幸せな女、とふと言葉が浮かんだ。波琉子はその意味を丁寧に咀嚼しながら彼女の後ろ姿を見つめ直した。

この女は幸せな女なのだ、と改めて思う。

夫がいる。居場所がある。思い描く将来がある。幸せになるのがあたりまえだと思っている。

そのうえ、子供まで手に入れようとしている。

この女に子供を産ませてはいけない、と打たれたように思う。

快速電車の通過を知らせるアナウンスが聞こえた。

波琉子は、彼女に一歩近づいた。無防備な彼女はメールを打ち続けている。その背中へと両方の手のひらを向けた。

この女に、佐々原敦志の子供を産ませてはいけない。絶対に、いけないのだ。

近づいてくる電車の走行音に空気がざわめき出す。アナウンスがびりびり反響する。頭のなかがくらりと揺れ、一瞬、思考のすべてが抜けた。

パーン、と激しい警笛が鼓膜を貫き、はっとした。電車が目の前を猛スピードで通過していく。風にあおられ、メールを打ち続ける京香の髪が揺れた。

波琉子は大きく息を吐き、幸せな女から逃げ出した。

アパートに帰ると、宅配便の不在票がポストにあった。

浴槽に湯を溜めながら、波琉子は冷蔵庫から缶ビールを取り出した。プルタブに指をかけたとき、体の内側の震えに気づいた。内臓が冷えきっているようでもあり、酸素が不足しているようでもある。頭のなかが混乱して、自分の状態がうまくつかめない。

ビールを戻して赤ワインを取った。ボトルとグラスを浴室に持ち込み、湯に浸かりながら飲んだ。夕食を口にしていなかったが、宅配便の不在票に書かれた母の名前と食品という文字を見ただけで、母の料理を食べた気になった。

温まってきた体に数杯目のワインを流し込み、両手で湯をすくった。指をぴったり閉じているのに、湯はどこかへ吸い込まれるように消えていく。電車が通過する直前の、思考のすべてが抜けて頭が真っ白になる感覚がよみがえった。あのとき、まちがいなく自分はあの幸せな女を突き落とそうとした。したけれど、しなかった。今日は。でも、明日は？　明後日は？　あの女の腹が膨らんできたら？

浴室は電気をつけずに、ラベンダーの香りがするろうそくをともしている。ろうそくの炎は、誕生日の夜を連れてくる。自分の年齢より七本多いろうそくと温かく潤んだ母の瞳。

「お母さんは、いいお母さん」

急激にまわった酔いが、なつかしい言葉を声にさせた。

母はいい母親なのだ。けれど、かわいそうな母親だ。兄を二度も失ったのだから。

そう思ったら、

――お母さんのこと赦してないでしょう。

母の声が聞こえた。

どこかで終わらせないと、と強く思う。しかし、なにを終わらせればいいのかわからず、じゃあやり直せばいいのか、と考えても見えてくるものはなかった。

波琉子は目をつぶった。酔いが頭から思考力を奪い、体から緊張感を抜き取り、重力のまま湯のなかにずるずると沈んでいく。頭のてっぺんまで浸かると、髪の毛がゆらりと浮遊するのを感じた。肺が空気を求めてあえぎはじめる。まぶたの裏の闇は濃くなっていくのに、頭のなかには白い霧が立ち込めていく。苦しさのなかから兄が溺れたときの記憶が現れるのではないかと待ち望んでしまう。しかし、現れるものはなかった。

波琉子は湯から勢いよく顔を出し、全身を震わせ荒い呼吸を繰り返した。

兄は死んだ。それなのに、別の命は生まれる。いともたやすく。望むままに。波琉子にはその仕組みが信じがたいものに思え、生まれることにも死ぬことにも意味なんかないと言った涼太の言葉にのみ込まれそうになる。

浴槽の縁でろうそくの炎が揺れている。一瞬、自分がどこにいるのかわからなくなった。

波琉子はゆらめきに目をこらした。

ちらちらと揺れる橙色に、温かく潤んだ母の瞳が重なる。

兄が生まれ、死に、そして私が生まれ、ここにいる。つながっているのだ、と強く思う。誕生日の夜も、いまこの瞬間も、すべてがどうしようもなくつながっている。

ああ、そうか、とあっけなく腑に落ちた。自分も、自分のいる場所も、突然クリアになった。

やっとわかった。終わらせることも、やり直すこともしなくていいのだ。ただ、つなげればいいだけだ。つなぎ続ければいいだけなのだ。

見慣れた姿を見つけ、波琉子はカフェを飛び出した。

「敦志」

声を張ると、彼は振り返った。怪訝《けげん》な表情を浮かべている。敦志、ともう一度呼んだが、まだ反応しない。

「ほら、私。忘れちゃった？　久しぶりだね」

波琉子は笑いながら近づいていった。

「波琉子？　え、波琉子？」

彼は驚きを隠そうともしない。

帰路につく人たちの邪魔にならないよう歩道の端に移動してから、佐々原敦志は興奮した声で続けた。

「びっくりした。すぐにわからなかったよ。波琉子、ずいぶんイメージ変わったな」

「敦志は変わらないね。すぐわかったよ」

「そうか？　でも、最近早くもメタボがやばいんだよ。このあたりがさ」

腹をさする敦志に、知ってるよ、と胸のなかだけで答えた。

「こんなことってあるんだね。打ち合わせが終わってカフェで休んでたら、目の前をなつかしい人が通るんだもん」

「会社すぐそこなんだよ。カフェのふたつ隣」

敦志は背後のオフィスビルを指差した。電子機器メーカーが入っている二十八階を指しているのだと波琉子は正確に理解できる。

「いやあ、でも、ほんとびっくりした。大学卒業してからだから、六年？　七年？　ほんと久しぶりだなあ」

「まさかこんなふうに偶然会うなんてね」

「だな」

「敦志、仕事終わったの？　もし時間あったらごはんでも食べようよ」

「おお、そうしよう」

普通に会話し、笑顔をつくっている自分を他人のように感じた。気を抜くと意識を失ってしまいそうだった。あさ黒い皮膚が、よく動く瞳が、頑丈そうな小鼻が、硬くて黒い髪が、すぐにふれられる距離にある。一歩足を踏み出し、つま先立ちするだけで首筋のにおいを嗅ぐことができ、くちびるを重ねることができるのだ。

「せっかく久しぶりに会ったんだから、なつかしいところまでちょっと足を伸ばしてみない？」

自分の内と外が分裂しているのを感じながら波琉子は言った。

敦志はすぐに察したらしく、行き先を訊ねることなく「いいね」と笑った。

誰のことも好きにならない、という小学生のときの誓いは、佐々原敦志と目が合った瞬間、破られてしまった。大学三年生のゼミの小さな教室だった。窓際の席に座った敦志は春のやわらかな陽射しを受けて輪郭が黄金色に輝き、まるで彼自身が発光しているように見えた。

なんかすっごい見てたよな、目も口もぽっかり開いて。

のちに敦志はそう笑ったが、あのとき無防備に開いていたのは目と口だけではなかった。閉ざしていたはずの心に、彼はいともたやすく入ってきてしまった。

はじめてくちびるを合わせたときのことを忘れたことはない。体じゅうが麻痺するほどの幸福感、しかし幸福感はそれ以上の罪悪感を連れてきた。気がつくと敦志を突き飛ばしていた。波琉子はとっさの反応に驚き、自分の両手をしばらく見つめたのち、おそるおそる敦志へと視線を上げた。が、すぐに伏せた。ごめん、とうつむいた波琉子に、俺が悪い、ごめん、と敦志は返し、ちがうのだと波琉子は泣いたが、自分でもつかみきれない感情を言葉で説明することなどできなかった。泣きながら訴える声が、自分のなかでするのだった。好きになってはいけない、幸せになってはいけない、とそれは小学生の自分だった。

敦志は波琉子を臆病なのだと勘違いし、辛抱強く接した。しかし、どれだけたっても彼のくちびると舌をなんとか受け入れることが限界だった。体の奥からあふれ出す生々しい欲望を自覚するたび、大きな力にそむき、自分自身さえも欺いているように感じた。幸せという領域に体を浸した途端、恐ろしい罰にのみ込まれる気がした。

「無理やりやってくれないかな」

十数回目の性交に失敗したとき、波琉子はそう言った。

「ふざけるな」

敦志は怒り、泣き、それから一か月ほど会ってくれなかった。

それが波琉子と敦志の二年間だった。

大学卒業後、敦志から地方都市への赴任を聞かされた。元気でね、と波琉子は形ばかりの科白を告げ、敦志は、お互いにがんばろうな、と返した。それがピリオドだった。少なくとも敦志はそう思っている。

彼は知らない。彼が地方都市にいた三年のあいだに、波琉子が五回そのまちを訪ねたことも。そのうち三回、双眼鏡越しに彼を見つめていたことも。彼が何百回とふれたであろうアパートのドアノブをずっと握りしめていたことも。

「あのたい焼き屋、まだあるんだ？」

敦志が指差したガード下のたい焼き屋は、大学時代はじめて彼のアパートに行く途中に立ち寄った店だ。店の前のベンチに座り、いまいちだね、っていうかおいしくないね、きっとすぐ潰れるね、と笑いながらひそひそ言い合ったのを覚えている。

「敦志はここに来るの何年ぶり？」

「大学出てからはじめてかもしれない。電車で通ったことは何度かあるけど、降りたのは、うん、はじめてだよ。なつかしいなあ」

大学生のときによくふたりでふらついたまちだった。駅から二十分歩いた場所に敦志のアパートがあったのだ。

北口から伸びる商店街を、過去につけた印をなぞりながら歩いた。「あ、あのラーメン屋なくなってる」「あ、駐輪場が立派になってる」「ここ、金物屋だったよな？」「あ、弁当屋は健在だ」敦志は何度でも驚いた。

「波琉子は全然なつかしがらないのな」

不思議そうに言う。

「だってよく通るから」

「え、そうなの？」

「うち、わりと近くなの。一年前に引っ越してきたの」

敦志が結婚したと知ったのがきっかけだった。

一年前、と告げたのに、敦志は結婚したことを口にせず、「そうか。いいよな、このへん」と言っただけだった。

商店街のタイ料理屋に入った。大学生のころからあった店だが、入ったことはなかった。あのころは敦志も波琉子もアルバイトをしなければ生活ができず、外食といえばファストフードか中華料理屋、バイト代が出たらたまに居酒屋に行くくらいだった。

「ここ、憧れの店だったね。覚えてる？」

一瞬きょとんとした敦志が、ああ、と笑った。

「あのころは憧れの店ばかりだったよなあ。焼肉屋、鰻屋、イタリアン。回転寿司も憧れだったよな」

「お金なかったものね」

「それが数年後、こんなふうに来ることになるなんてな。ほんと先のことはわからないよな」

「そうだね」

「なんかあのころがなつかしいよ」

「うん、なつかしいね」

顔を見合わせてほほえみ合ったが、敦志にとってあのころは、完全に過去という箱にしまわれているのが伝わってきた。

「ごめん、ちょっとメールしていい？」

そう言って携帯を手にした敦志は、慣れたリズムで指を動かしている。一日に何回もメールをし合う妻に連絡を入れているのだろう。

ビールで乾杯をしてから白ワインをボトルで頼んだ。敦志はよく飲み、よく食べ、よく笑った。敦志から見れば、きっと波琉子も同じように映っただろう。しかし、波琉子の内と外は分裂したままで、自分が意識を崩壊させることなく、普通にふるまえていることが不思議でたまらなかった。

あたりさわりのない昔話のあとは近況報告をし合った。仕事のことがほとんどだった。波琉子が細菌検査の培地に菌が混入した失敗談をした直後、まるで待ち構えていたかのように沈黙が降りてきた。

敦志はさりげなく目を落としてから、思い切ったようにぱっと顔を上げ、なにか言おうとした。そのときテーブルの上の携帯が震えた。「ごめん、メール」と敦志が携帯を取るよりも先に、波琉子の目は〈京香〉と表示された名前を捉えた。

「そろそろ行こうか」

携帯から目を上げた敦志が言った。

敦志が前に住んでいたアパートの前を通って帰ることにした。商店街を抜けた先にある三階建てで、一階部分はピロティといえば聞こえはいいが、何本かの鉄柱が支えているだけのコンクリート剝き出しの空間で、建築会社の資材置き場になっている。

「全然変わってないな」

敦志は笑った。

ピロティに積み上げられた材木や重機、外廊下をふさぐように並ぶ洗濯機が、街路灯の明かりに照らされている。敦志が住んでいたのは二階の右から二番目の部屋だ。朝の八時前から材木を切ったり運んだりする音が下から突き上げ、目覚まし時計いらずだと言っていた。波琉子も何度かその音を聞いたことがあった。いま、その部屋に明かりはついていない。

外階段を上るときのカンカンと大げさに響く足音、錆《さ》びた手すりのざらりとした手ざわり、手のひらにしばらく残る鉄くささ、鍵が開くときのカチリという合図めいた音。まるで五分前に訪ねたかのように、いつだってありありと思い出せる。

「何度も電話しようと思った。でもしなかった」

アパートを見たまま敦志が言う。

「波琉子から電話がくると思った。でもこなかった」

「うん」

「いま思い出したよ」

そう言ったきり口をつぐんだ敦志に、「なにを？」と聞いた。

「俺、ずっと後ろめたかった。波琉子を見捨てたような気がしてたんだ」

波琉子は息を漏らすように笑っていた。そんな自分を他人のように感じた。

「俺、結婚したんだ。一年前に」

「そうなんだ。おめでとう」

「波琉子は？」

「まだ」

「幸せ？」

「え？」

「波琉子はいま幸せか？」

その言葉が波琉子の深くに落ちていき、やがて闇に吸い込まれ見えなくなった。

「ストーカー」

そうつぶやいていた。え？　と敦志の眉間《みけん》が狭まる。

「ストーカーがいるの。あとをついてきたり双眼鏡でのぞいたりするのよ」

「まじかよ。警察には言ったのか？」

「はっきりした証拠も被害もないもの。いまもつけられてるんじゃないかって実はちょっと怖いんだ。うちまで送ってくれるかな」

敦志は周囲に目をやってから波琉子の背中に手を当てた。

「行こう。そのストーカー、どんなやつだよ」

「見た目は普通。だけど、双眼鏡持ってアパートのそばをうろついてるの何回か見たことあるの」

背後をしつこく気にする敦志に、ほんとうに誰かが、目には見えないなにかがつけてきているのではないかという気になった。

なるべくゆっくり歩いたつもりなのに、あっというまに着いてしまった。

「大丈夫みたいだな」

廊下の左右に顔を向けて敦志は安堵した声を出した。

「窓、見てくれるかな」

「ん？」

「窓。のぞかれてないかどうか、なかに入って見てくれる？」

わかった、と敦志は躊躇することなく、波琉子に続いて靴を脱いだ。薄闇のなかに洋服のこすれる音と呼吸のにおいが滲み出す。

狭いダイニングを抜けて部屋に入った。窓から射し込む夜の明かりが部屋を薄灰色に照らし、ベッドや収納棚が影になって浮かんでいる。敦志のにおいが濃くなっていく。空気が湿り気を帯びていく。熱っぽさに包まれる。きーんと耳鳴りがした。

窓の外を眺める敦志に抱きついた。波琉子の行為を予期していたのだろうか、敦志は驚きも拒絶もせず、立ったまま動きを止めた。

「敦志」

首筋に顔を押しつけ、呼びかけた。うん？　と返ってきた声は掠れていた。

波琉子は顔を上げた。すぐ目の前にある水っぽい瞳を見た瞬間、彼に会ったときから自分の衝動があからさまに漏れ出していたのだと悟った。

くちびるを合わせた。敦志は抵抗しない。あやうい均整を保ちつつ、どちらに転げ落ちればいいのか葛藤《かっとう》しているようだ。彼が一気に崩れ落ちたのはベッドに倒れ込んでからだった。体を反転させて上になると、慌ただしくネクタイをはずし、衣服を脱ぎ捨てた。いいのかな、いいのかな、とつぶやきながら波琉子のワンピースのボタンをはずしていく。いいのかな、いいのかな。荒い呼吸の狭間に差し込まれるそのつぶやきに意味はない。それでも波琉子は、うん、いいの、いいの、といちいち返した。

　ふと波琉子の足のあいだで敦志がためらうそぶりを見せ、なにか言いかけた。

「大丈夫だから」

　敦志の首を引き寄せ、波琉子は言った。

「今日は大丈夫。そのままで絶対に大丈夫だから」

　敦志の妻を突き落とそうとした日の夜、浴槽のなかで、ゆらめく炎の向こうから手渡されたように浮かんだことだった。そのときは、なぜこんな簡単なことをいままで思いつかなかったのか不思議になったが、時間がたつにつれ、そうではなく、自分ははじめから、生まれたときから知っていたのではないかという気になった。

　バイブ音がする。床に脱ぎ捨てられたスーツのポケットからだろう。

「波琉子」

　体を離してからはじめて敦志が声を発した。仰向けのままで、波琉子をのぞき込もうとはしない。波琉子も仰向けになって、自分の皮膚から汗と熱が引いていくのを感じていた。

「波琉子、あのさ、もしかしてさ」

　一度やんだ携帯のバイブ音がまた鳴りはじめ、敦志は口をつぐんだ。

「敦志、さっき言ったよね。ずっと後ろめたかった、って」

バイブ音がやんでから波琉子は言った。

「ああ、うん」

「私もそうだった」

「波琉子が？」

「でも、もういいの」

「どういうこと？」

「わかったの」

「なにが？」

敦志の声は不安げだ。

波琉子は布団のなかで右手をそっと下腹部にのせた。一瞬、平らな腹に激しい違和感を覚えるが、すぐにあたりまえだと思い直し、あまりにも先走っている自分におかしくなる。

自分が生まれた意味にやっと気づけた。母も言っていたではないか、早く孫を抱きたい、と。けれど、母がほんとうに抱きたいのは孫ではないのだ。

そのとき、

——苦しくて怖かった。

男の声が耳を流れた。

──口のなかに水が入ってきて、沈んでいった。

兄が話しかけてきたのかと思った。しかし、すぐに兄ではなく田尻成彦だと気づいた。

帰り支度を終えた敦志に、波琉子はベッドの上から声をかけた。

「敦志、ありがとう」

え、と振り返った彼は困惑した表情で口を開きかけた。そのとき、スーツのポケットで携帯のバイブ音がした。敦志は胸ポケットを押さえ、二、三秒躊躇したのち、「じゃあ」と小さく言った。

「うん、じゃあ」

波琉子は答えた。

どちらも、またね、とは続けようとしなかった。


女の住むアパートに行くのは三度目だ。窓には明かりがついている。

髪の長い太った女を頭に浮かべ、兄の生まれ変わりだと主張する存在をそのままにしておくわけにはいかないと思った。あの女は、家族のつながりに入り込もうとする異物だ。

波琉子がはじめて兄の姿を目にしたのは小学生のときだった。

母にアルバムを見せられたのだった。波琉子は衝撃を受けた。それまでは無意識のうちに、自分と兄はそっくりなのだろうと思っていたのだ。

兄は、自分のいる場所には楽しいことしかないと信じきっている顔をしていた。太陽から生まれたように無邪気で乱暴でまぶしかった。

似てないね、とついつぶやいてしまったことを瞬時に悔いた。

お兄ちゃんはね、お母さん似だったのよ。

母はふっとほほえんでこう続けた。

波琉子はお父さん似だものね。

その言葉が自分を責めるものに聞こえ、ぱっと目を伏せたのを覚えている。

でも、もういいのだ。

アパートの外階段に足をかけようとしたときだった。

二階のドアが開く音に顔を上げると、黒い影が現れた。あの女がうつむきながら階段を下りてくる。まるで波琉子の姿が見えないように頑なに顔を上げず、無言で横をすり抜けた。ぷん、と頭皮のにおいが立った。長い髪に、黒いセーターとスウェット。すぐそばにいるのに、黒く塗り潰された影のような印象だ。

「待って」

丸まった背中がびくと動いたが、女はそのまま立ち去ろうとした。

「田尻成彦さんのお姉さんですよね」

そう続けると、ようやく足を止めた。

波琉子は女の前にまわり込み、同じ質問を繰り返した。女はうつむいたまま小さくうなずき、「誰？」とおどおどした声を出した。

「友高といいます。少しお話できませんか？」

「え、やだ、なんで」

「聞きたいことがあるんです」

「成彦の知り合い？　私、あの子嫌い。ずるいんだもん」

「聞きたいのは兄のことです。私の兄は小学一年生のとき池で溺れて死にました」

女ははじめて波琉子を見た。長い髪のあいだからのぞく目は臆病そうで、しかし奇妙な輝きを放っていた。

「妹、なの？」

「そうです」

「あんた、このあいだも来たでしょ」

「来ました」

「待ってた」

「え？」

「来てくれるの、ずっと待ってたんだから」

「少し話せませんか？」

「遠くに行きたい」

「はい？」

「お母さんとけんかした。もう帰れない」

女は一気に言うと、顔を覆い、わっと泣き出した。


兄の記憶があるなんて嘘だと断言しなければならない。一滴のあやふやさを残すことなく、完全に否定しなくてはならない。兄の生まれ変わりだと主張する女に、記憶は誤りだと認めさせなければならない。

なぜ兄の記憶がないのだろう。小学生の波琉子を蝕んだ後ろめたさと怯え。

二十数年後の自分がこうして乞われるまま、風間秋絵という女を部屋に連れてきたのは決着をつけるためかもしれない。

秋絵は、壁にもたれて体育座りをし、膝に顔を埋めている。波琉子の部屋に来てからひとことも発していない。身じろぎしないさまは、ふてぶてしく開き直るようにも、弱者が自己防衛するようにも見えた。

　この女は生まれ変わりだと思い込んでいるだけだ、と波琉子は自分に言い聞かせたが、その裏側で、万が一を捨てきれずにいた。死の直前、兄の記憶は体から離れ、浮遊した挙句、風間秋絵という人間のなかに宿ったのではないか。

「生まれ変わりだって、いまでも本気で信じてるの？」

　久しぶりに声を出した感覚がした。

　秋絵は自分の膝に覆いかぶさり、沈黙を貫いている。

「そんなわけないよね。そんなことあるわけないもの。弟さんから聞いたんでしょう？　思い込みだって納得したんでしょう？」

　秋絵はようやく顔を上げたが、髪に隠れて表情は見えない。

「誰も信じてくれない。お母さんだってそう」

　どこか呆けた一本調子で言うと、また膝に顔を埋めた。眠ってしまったのだと気づいたのは数分後、いびきを伴う寝息が聞こえ出してからだった。ねえ、と波琉子が肩を揺さぶると、秋絵は横向きにゆっくりと倒れ、まるで数年ぶりの睡眠であるかのようにそれきり声をかけても揺すっても目を覚まさなかった。

短く浅い睡眠を繰り返した気がする。途切れ途切れの夢をみた余韻があるのに、どんな夢なのかは覚えていなかった。

目覚ましアラームが鳴る一時間以上も前にベッドを下り、毛布をかぶった女を見下ろし、夢じゃなかったのか、と波琉子は静かに思った。

シャワーを浴びて、着替えを済ませた。いつもどおり会社に行くつもりだった。出勤する時刻まであと三十分。時計がわりにつけているテレビを眺めながら、この女をどうすればいいのか考え、衝動のまま連れてきてしまった昨晩の自分を悔いた。

ワイドショーが映し出す風景に目が留まる。アパートの外壁に貼りつけられた〈共和コーポ〉の文字。住人である風間花子という五十九歳の女性が刺殺体で発見され、同居している長女が行方不明だと報じている。部屋の間取り図がクローズアップされ、被害者が倒れていた台所に赤い×印がつけられていた。

波琉子は床に横たわった女を見下ろした。テレビが報じていることと目の前にいる女が、つながりそうでつながらない。

「ねえ、ちょっと」

毛布の上から揺さぶると、頭皮のにおいと体臭が鼻をついた。

「起きてよ。ねえ、起きてって。あれ、あなたのお母さんじゃないの？」

秋絵の目がようやく開いた。口の端によだれが白くこびりついている。

「テレビ観てよ。あなたのお母さんのことじゃないの？」

秋絵はのっそりと体を起こした。

「お母さん、どうしたの？」

寝ぼけた口調だ。

「あなたのこと捜してるよ」

「え、お母さんが？」

「ちがう、警察。警察があなたのこと捜してるの」

「え、なんで？」

「あなたじゃないの？」

秋絵はきょとんとした顔になった。

「あなたじゃないの？」

「え？」

「お母さんを刺したの、あなたじゃないの？」

「刺した」

「え？」

「私、お母さんを刺した」

一度言葉を切ると、だって、と吐き出したが、そこから続く言葉はなかった。

「どうして？」

「だって」

「だって、なに？」

「だって男の子が」

「男の子？」

「あんたの死んだお兄さんが」

波琉子はその言葉の続きを受け止めるため、息を止めて体を硬くした。

「すごく怒ったから」

突き倒されるような感覚がして、一瞬意識が飛んだ。波琉子は激高している自分に気づいた。

「兄のせいにするの？」声が震えた。「あなたがお母さんを刺したのは、私の兄のせいだって言うの？」

「男の子、かわいそう」

「なに言ってるの？」

「だって死んだんだよ？　溺れたんだよ？　苦しかったんだよ？　怖かったんだよ？　あん

た、妹なのにそんなこともわかんないの？」

いつのまにか秋絵の顔に生気が宿っている。波琉子に向けられた黒目には感情のうねりがある。

「いい加減にしてよっ」

波琉子が怒鳴ると、秋絵は鼻のつけ根を歪めた。

「妹のくせになんにも知らないんだね」

怒りが血流にのって体じゅうを駆けめぐる。波琉子は大きく息を吸い込み、吐きながら言った。

「警察に行こう」

秋絵は黙って首を振る。

「自分のしたことわかってるの？　警察に行かないなら私が通報する」

「信じてくれたんでしょ？」

「え？」

「だから私に会いに来たんでしょ？　いままで誰も信じてくれなかった。お母さんも、成彦も。あんたとはつながってるんだよ。あんたのお兄さんをとおしてつながってるんだよ」

「やめてよ。そんな話信じない。私がつながってるのはあなたなんかじゃない」

「ほんとだもんっ。嘘じゃないもんっ」

秋絵は毛布を頭からかぶり、床に突っ伏した。毛布の下で大きな体がうごめき、やがて嗚咽が聞こえてきた。

「そんな話、絶対に信じない」

そう言い捨て、波琉子はアパートを出た。

会社に欠勤の連絡を入れてからコンビニで新聞二紙を買い、コーヒーショップに入った。第一発見者が下の階の住人であることと、被害者が包丁で胸をひと突きされていたことがわかった。二紙ともに、同居する長女がなんらかの事情を知っているものとみて警察が行方を捜しているとあった。読み終えた波琉子は、一紙が田尻成彦の勤める新聞社のものだと気づき、奇妙な気持ちになった。

ほんとうに彼女がやったのだろうかと考える。

昨晩、アパートの外階段を下りてきた秋絵はパニックを起こしているふうもなく、まるで近所のコンビニに出かけでもするかのようだった。彼女が母親を刺したのはおそらくあの直前だ。母親を殺した人間があんなふうに淡々とした態度でいられるのだろうか。しかし、新聞やワイドショーは秋絵の犯行だとほぼ断定しているし、そもそも彼女自身が「刺した」と言っているのだ。

――あんたの死んだお兄さんが、すごく怒ったから。

彼女の言葉を思い出し、こめかみに熱が走った。

コーヒーショップを出た波琉子は、警察に連絡する、と自分に言い聞かせた。しかし、覚悟ができずにいた。

警察は、波琉子があのアパートの前にいた理由や秋絵との関係を聞くだろう。波琉子が死んだ兄の生まれ変わりとして育てられたことは、いままで涼太にしか告げたことがない。二人目が見知らぬ警察官になるのだろうか。きっとその人は、そうですか、と相づちを打ちながらも、皮膚の数ミリ下に薄笑いを浮かべ、瞳に嘲りの色を映すだろう。それは母と兄への冒瀆だった。汚い手でかきまわされた挙句、家族のつながりを否定されることだった。そんなことはさせない、と波琉子は空想のなかの二人目に言い放った。

駅前のネットカフェに入った。事件について検索すると、殺された風間花子がスーパーと弁当工場でパートをしていたこと、行方不明の長女が無職であることが新たにわかったものの捜査に進展はなさそうだった。

ネットカフェで時間を潰したのは、自分の不在のあいだに秋絵がいなくなっていればいいと考えたからだ。どこかに消えてほしかった。そして、警察には捕まらないでほしかった。もし捕まればあの女のことだ、生まれ変わりのことをべらべらとしゃべるだろう。

　突如、波琉子は後悔した。兄のことを聞いておけばよかった、という思いが突き上げたのだ。あの女には、兄が溺れたときの記憶があるという。ほかの記憶はないのだろうか。たとえば、一歳の誕生日にプレゼントをもらったのかどうか、もしもらったのだとすればそれはなんだったのか。答えられなければ、彼女の思い込みであることが証明される。けれど、もし答えられたとしたら？

　そこまで考え、万が一を捨てられずにいる自分に打ちのめされそうになる。

　デパートや書店でさらに時間を潰し、アパートに帰ったのは夕方近くだった。

　ドアノブをまわし、鍵がかかっていることに嘆息する。秋絵は部屋にいるのだ。

　鍵を差し込もうとしたとき携帯が鳴った。表示名を確認した波琉子は、ドアの前から離れて通話ボタンを押した。

　田尻成彦は疲労した声でこのあいだの対応について詫びた。

「いえいえ、ぜんっぜん気にしてませんから。で、どうしたんですかあ？」

　自分のかん高い声が耳ざわりだった。

「今朝のニュースをご存じですか？　アパートで女性が刺殺され、同居していた長女が行方不明という事件なんですが」

「いえ、知りませんけど。それがどうしたんですか？」

「私の母親なんです」

「え？　なにがですか？」

「殺された女性は私の母親で、行方不明なのは姉なんです」

「えーっ」

張り上げたつもりだったが、気が抜けた声になった。

「なにかご存じじゃないでしょうか」

「私が？　なんで」

「このあいだ姉に会いたいと言っていたので」

ちょっと待ってよ、と出かかった。

先に訪ねてきたのはそっちでしょ。乱暴な手で家族の過去をひっかきまわし、血まみれの内臓を平気で差し出し、これはなに？　と無神経に聞いてきたのはそっちでしょ。

このままだと怒りをぶつけてしまいそうだった。

「いま仕事中なんで失礼しまーす」

通話を切ろうとしたら、え？　と不審げな声が返ってきた。

「さっき会社にかけたら休んでるって言われましたけど」

波琉子はとっさに通話を切った。ばれたと直感した。田尻成彦がどこまで察したかはわからないが、波琉子がなにかを知っていると感じ取ったことだけは確かだ。すぐに鳴り出した着信音が、波琉子の直感が正しいことを物語っていた。

携帯の電源を切って部屋に入った。秋絵は毛布をかぶってうずくまったままだ。

「起きて」

毛布の上から乱暴に叩くと、びくっと反応があった。

「いますぐここ出るから」

田尻成彦は波琉子の住まいまでは知らないはずだ。しかし、もし彼が警察に伝えたとすれば、あっというまに調べはつくだろう。

「どうしたの？」

秋絵の声は不安げだ。

「いいから早く起きて」

「どこ行くの？」

視界の端に、途方に暮れたように座り込む女が映っている。

「わからない」

「どうするの？」

「わからないってばっ」

なぜこんな気持ちがするのだろう。兄の生まれ変わりだと主張する秋絵を警察に渡すことが、兄を差し出すことのように感じられるのだった。

甲州街道沿いのビジネスホテルにチェックインした。

部屋に入るなり、秋絵はひとりがけのソファに座りパスタをすすりはじめた。テーブルの上には、ホテル一階のコンビニで買ったものが置かれている。おにぎり、菓子パン、シュークリーム、オレンジジュース、緑茶。すべて秋絵が選んだものだ。

自分の母親を殺した人間がこんなふうに平然とものを食べられることが信じられなかった。秋絵の口中がたてる音がしだいに湿りけを帯び、大きくなっていくように感じられた。あっというまにパスタを食べ終えた秋絵は菓子パンの袋を引き裂いた。

咀嚼する音と食べ物のにおいに息苦しくなる。

体を丸めてパンを貪る秋絵の肩が震えていることに気づいた。彼女は泣いていた。濡れた顔に髪が張りつき、咀嚼する音に嗚咽が混じっている。

波琉子がドアのほうへ向かうと、「どこ行くの？」と背後から声がかかった。

「外の空気吸ってくる」

振り返らずに答えた。

「どうするの？」気弱な声が訊ねる。「私、どうすればいいの？」

振り返ると、秋絵は上目づかいで波琉子を見ていた。

「あなたはどうしたいの？」

秋絵は少しずつ視線を下げていき、やがて行き詰まったようにぽつりと吐き出した。

「ずっと会いたかった。けど、思ってたのとちがった。もっと喜んでもらえると思ったのに。男の子の家族に会えばなにもかも変わるはずだったのに」

「なに言ってるのか全然わからない」

「こんなふうになるなんて思わなかった。どうして喜んでくれないの？　どうして歓迎してくれないの？　やっと会えたんだよ」

疲労が限界に達し、すべてを投げ捨てたくなった。

「弟さんに迎えに来てもらう？」

顔を上げた秋絵のくちびるは半開きだ。

「田尻成彦。あなたの弟でしょ？　電話してここに来てもらう？」

「あの子には会いたくない」

思いがけず強い口調だった。

「どうして」

だってだってだって、と肉に埋もれたくちびるが酸素を求めるように動く。

「だって、成彦のほうが生まれ変わりだって言うから」

「どういうこと？」

「だから怒ったんだよ」

「それどういうことよ」

「お母さんに来てほしい。お母さんがいい。お母さんに迎えに来てほしい」

頭を前後に揺らしながら、秋絵は人差し指の関節を噛みはじめた。

ホテルを出て携帯の電源を入れた途端、着信音が鳴った。田尻成彦だ。

――だって、成彦のほうが生まれ変わりだって言うから。

秋絵の声が立ち昇る。

通話ボタンを押すと、すみません、となにに対してかわからないが、田尻成彦はまず詫びた。ただの口癖で意味などないのかもしれない。

はい、と無防備に硬い声が出てしまい、

「あー、田尻さんですか？　さっきはすいませーん」

と、慌てて声音を変えた。

「いま、お電話いいでしょうか」

田尻成彦の引き締まった声に、心臓がきゅっと縮んだ。

「姉のことで……いえ、母のことでお話ししなくてはいけないことがあります」

信号が変わり、目の前の甲州街道を車が連なって走り出す。

「あの、どこかでお会いできないでしょうか。直接お話ししたいんです」

田尻成彦が声を張った。

彼は、秋絵が一緒にいると知っているのだろうか。さっきの電話でばれたと直感したのは正しい気がした。だから、また連絡をしてきたのだ。警察に知らせたということはないだろうか。

長い沈黙で波琉子のためらいを察したのか、

「友高さんにお話ししたいのは、まだ警察にも言っていないことです」

田尻成彦は言った。

彼はこのあいだ会ったときに嘘をついた。全部勘違いだったと、姉と池で溺れた男児は関係がないと、そう言った。なぜだろう。

あなたが生まれ変わりってどういうこと？　とまっすぐぶつけたくてたまらない。しかし、口にした途端、秋絵と接触したことが決定的に知られてしまう。

これが最後のチャンスのような気がした。いまを逃したら、もう二度とつかめないものが目の前に差し出されている。

新宿南口の改札前で待ち合わせた。そこなら、いざというとき雑踏に紛れて逃げられると思えたからだ。

「ここで、ですか？」

約束の五分前に現れた田尻成彦は当惑した表情を浮かべた。立ち話で済ませるとは考えていなかったらしい。

「だって私、いまデート中なんですよ。彼氏があそこで待ってるから早くしないと」

そう言って波琉子は斜め向こうのデパートを指差した。

そうですか、と田尻成彦はつぶやいたが、信じてはいないようだった。

帰宅ラッシュの時間帯で、改札口からあふれ出した人々は行き場をなくした水のようだ。人の波に押しやられ、柱の陰に移動した。

「正直、かかわりたくありませんでした」

いきなり田尻成彦が言った。

左横にいる彼は、波琉子と同じように人の流れに視線を向けていた。肩をすぼめて体を小さくしているのは、邪魔にならないための無意識のふるまいだろう。

「卑怯とか無責任とか言われてもかまわない。とにかくあのふたりにはかかわりたくなかった。でも、僕がちゃんとしていれば、少なくともこんなことにはならなかったかもしれません」

「お母さまのことはお気の毒でした」

波琉子は頭を下げたが、感情がこもっていないことは自分でも感じられた。

「友高さんにお詫びしなくてはならないことがあります」

田尻成彦は波琉子に向き直り、「申し訳ありません」と頭を下げた。突き出した尻に若い男がぶつかり、舌打ちを残して去っていく。

「あなたのお兄さんを死に至らしめたのは私の母です」

頭を上げ、田尻成彦はひと息で告げた。

驚きも衝撃もなかった。そのことに波琉子は激しい戸惑いを覚えた。

「あのとき、母と姉もあの場にいました」

伏し目がちに口を開いた田尻成彦は、T市幸町のため池です、とつけたした。

「先に落ちたのは姉でした。あなたのお兄さんは、姉を助けようとして池に飛び込んだそうです。母はふたりを助けようとしました。木の板が落ちていたそうです。それを拾って、ふたりに差し出しました。つかまらせようとしたんです」

言葉を切った田尻成彦の胸もとが、ゆっくりと膨らみ萎《しぼ》むのが見えた。それきり彼は黙り込んだ。言葉を吟味しているようでも、失ったようでもあった。

「それで、あなたのお姉さんは助かって私の兄は死んだ、と」

田尻成彦は控えめにうなずいた。

「そのとおりです」

「あなたのお姉さんが、溺れた男の子の生まれ変わりだと言っているのはほんとうの記憶だったんですね。ただ、主観と客観がごちゃ混ぜになっただけなんですね」

「そう、だと思います」

「でも変ですね。兄と一緒に溺れた女の子がいたなんて聞いてませんけど」

波琉子は落ち着いた口調を意識して続けた。

「逃げたんですね」

波琉子の問いに、田尻成彦は思い切ったように息を吸い込み、なにか言おうとしたが寸前で止めた。

「あなたのお母さんは、兄を見捨てて逃げたんですね。助けてくれなかったんですね」

「母はずっと逃げていました。あのときだけじゃなく、死ぬまで逃げ続けていました」

「どうして」

「今回のことは自業自得だと思います」

きっぱりと告げた横顔から人のよさは消え、剃り残しが目立つ口のまわりがこわばっていた。

「僕は、生まれたときから母親に忌み嫌われていました。最近、やっとその理由がわかりました」

生まれ変わり、と波琉子の頭に浮かぶ。

「僕は、あなたのお兄さんが亡くなった二か月後に生まれました。母は、僕のことを自分が見捨てた男の子の生まれ変わりだと思い込み、仕返しにやってきたのだと恐れたそうです。僕のここに」

と、人差し指で左のこめかみを差した。

「痣があったからです」

波琉子の位置からは見えなかったが、そこに痣があろうがなかろうがどうでもよかった。写真で見た兄のこめかみには痣などなかったのだから。

「どうしてですか？」

田尻成彦はまだ、彼の母親が兄を見捨てて逃げ出した理由を答えていない。

池に小さな靴が浮かび、かたわらに自転車が倒れているのを不審に思い、消防署に連絡をしたのは中年の男だと聞いていた。新聞記事にも両親から聞かされた話にも、どこにも田尻成彦の母親らしい人物は登場しない。

「殺したんですね」

そのとき、なぜだか母のくちびるの端に浮かぶ曖昧な笑みがあざやかに現れた。母があの笑みを浮かべるまでどれだけの年月がかかったのか、あの笑みでなにをやりすごしてきたのか、一瞬のうちにそんなことを考えていた。

「あなたのお母さんは、私の兄を殺したんですね」

声にすると気が遠くなり、他人の記録を読み上げている感覚に陥った。

「結果的にそうなります」

「結果的」

「自分の子供を守るために仕方なかった、と母は言っていました。もちろん言い訳です」

田尻成彦の声を聞きながら、この人もまた他人の記録を読み上げるようだと波琉子は思った。

目の前の雑踏は密度を濃くし、信号を待つ人々の頭がうごめくさまはまるで夜の入り江が波打つようだ。話し声や笑い声、車の走り抜ける音が輪郭のぼやけたざわめきをつくる。

「生まれることにも死ぬことにも意味なんかねえよ」

そう聞こえ、波琉子ははっと視線を上げた。が、波琉子に目を向けている人はなく、ざわめきのなかから同じ声音を聞き取ることはできなかった。

——生まれることにも死ぬことにも意味なんかねえよ、ただの生き物の話じゃないか。

今度は耳奥で、はっきりと涼太の声が聞こえた。

目の前を行き交うひとりひとりは、波のひとつのようだ。このなかで明日死ぬ人は、今晩死ぬ人はいるのだろうか、と波琉子は考えた。誰が死んでも、何人死んでも、ここには明日もまた雑踏ができるのだ。

生死に意味なんかない。涼太は心底からそう思っていたのだろうか。だから、自分ではない者として死ぬことができたのだろうか。自分の死さえも、窓のサッシで死んでいる蠅と同類だと思えたのだろうか。

田尻成彦の母親は、自分の娘にまとわりつく蠅を叩き潰す感覚だったのだろうか。兄の死は、ぺしゃりと潰れた蠅だったのだろうか。

8

生かされた娘

母に会った夜が遠い昔に感じられた。あの夜母が乗った高速バスは、T市を経由し実家のあるまちまで行く。そのことに改めて気づき、つながっているのだと波琉子は思った。離れた場所に暮らす母も、四年前に死んだ父も、まったくの他人だった田尻成彦も、その姉も、殺された母親も、ひとりひとりはただひとつの生き物なのに、どうしようもなくつながっている。つなげているのは、もうこの世にいない兄なのだ。

暗い窓に、目を閉じた秋絵が映っている。秋絵を透かして、明かりのまばらな夜の風景が流れていく。高速バスに乗ってまもなく彼女は寝息をたてはじめ、ときおり体がぴくぴく動くだけで目覚める様子はない。

兄に会わせてあげようか。

波琉子は自分の言葉を思い出した。田尻成彦と別れ、ホテルに戻るなり秋絵に言ったのだった。

兄が死んだ池にいまも兄の幽霊が出るんだって。会いたいでしょう?

T市の駅前で、秋絵を揺り起こしてバスを降りた。乗客の半数が下車したが、あっというまに散り散りになった。

タクシー乗り場へ歩いていると、三月とは思えない鋭い風が吹きつけ、波琉子は髪を押さえながら風上を見やった。ビルの背後に連なる墨色の山を認めた瞬間、これからあの山に秋絵とふたりで分け入っていき、それきり戻ることはできないという錯覚がよぎった。

テクノパークの入口でタクシーを降りると、「ここ、どこ？」と数時間ぶりに秋絵が口を開いた。が、その声は波琉子の耳を素通りした。

街路灯が照らす整備された無人の空間。その向こうにそびえる要塞のような山。波琉子の瞳が捉えた光景は、あのときと変わっていない。鞭がしなるような音が鳴り、強く冷たい風が吹きつけた。その風の勢いにもにおいにも覚えがあった。

波琉子は、中学生に戻っていく自分を感じた。

誕生日だった。兄の二十歳の、波琉子の十三歳の。テクノパークに兄の幽霊が出るという噂を聞き、学校の帰りに電車を乗り継いで来たのだった。

「こんなところに池なんかあるの？」

秋絵が訊ねた。

「あなたならわかるでしょう？　生まれ変わりのあなたなら、兄がどこで死んだかわかるでしょう？　だって記憶があるんだもの」

しばらくのあいだ秋絵は身じろぎせず、ひと気のないテクノパークを風にあおられる長い髪の毛越しに眺めていた。

街路灯が並ぶ広い道路が背骨のようにまっすぐ伸び、そこからいくつもの細い道路が左右に走っている。建物のほとんどは低層で、ところどころに突き出たビルは不自然に細長く見えた。明かりのついている窓はここからだと四つしか認められない。

突然、秋絵が歩き出した。

広い道路をまっすぐ進む後ろ姿に、波琉子は中学生だった自分を重ねた。つきあたりをめざしているのだろう。あのころと変わっていなければ、金網フェンスがあり、その向こうは小高い林になっている。

金網フェンスにつきあたるまでどちらも言葉を発しなかった。最初に沈黙を破ったのは秋絵のほうだ。

「これ以上行けない」

フェンスを両手でつかんでいる。

「この先にあるの？」

波琉子が問うと、しっかりとうなずいた。

「兄が死んだ池はこの林のなかにあるって言うの？」

秋絵はもう一度深いうなずきを返す。中学生だった波琉子があの夜、ついに見つけられなかった池がこの先にあると言うのだ。

「このくらいのフェンスよじ登ればいいじゃない」

「無理だよ」

「会いたくないの？　あなた、生まれ変わりなのにそんなこともできないの？」

この女をあのときの自分と同じ目に遭わせなければいけない、と波琉子は思った。何度も転ばせ、膝をすりむかせ、洋服を破かせ、途方に暮れさせ、そうすることで行き場のない思いを体の真ん中に刻みつけてやらなければならない。

しかし、秋絵はフェンスがはずれている箇所を見つけ、そこから難なく通り抜けた。林に足を踏み入れてすぐ秋絵は立ちすくんだ。闇に怖気《おじけ》づいたのに加え、どこに向かえばいいのかわからないのだ。

波琉子は知っている。数秒もすれば闇に目が慣れ、まるで舞台が動き出したかのように木立が浮かび上がってくることも、夜は暗くはあっても黒くはないことも、十六年前に学習済みだった。

「池はどこにあるの？」

輪郭を帯びてきた背中に声をかけると、驚いた秋絵はひきつけに似た声をあげた。

「記憶があるんでしょう？　それなのに池の場所も覚えてないの？　そんなんじゃ誰もあなたのこと信じてくれないよ」

秋絵はおずおずと周囲を見まわし、四、五歩足を進めたところで「あ」と声をあげて転んだ。いつまでも四つん這いのままで起き上がろうとしない。

「早く立ちなさいよ」

「……痛い」

「そんなの兄の苦しさに比べたらどうってことないでしょ。溺れたときのこと覚えてるんでしょう？」

「苦しかった、怖かった、口のなかに水がいっぱい入ってきた、なにかにつかまろうとしたけど、だめだった、泳げなかった、沈んでいった」

暗唱するような声だった。

「それだけ？」

「え？」

「覚えてるのはそれだけ？」

「それだけで十分だよっ」

四つん這いのまま秋絵は叫んだ。

「一歳の誕生日にプレゼントはもらった？」

「ほんとだもん。ちゃんと覚えてるもん」

「なにをもらったの？　兄が一歳のときの誕生日プレゼントはなんだったの？」

「死んだときのことを覚えてるんだからそれでいいじゃないっ」

「じゃあ兄の誕生日はいつ？」

「ほんとに覚えてるもんっ」

そう叫ぶと秋絵は泣き出した。地面にひたいをつけ、尻を突き上げ、土下座する恰好になり、やがて「お母さんお母さんお母さん」と嗚咽のあいだから濡れた声を吐き出した。

「もうとっくに十二時を過ぎたよね。今日だよ、兄の誕生日」

兄の三十六歳の、波琉子の二十九歳の。

母が執念を結実させた日、生まれ変わりを証明する日、それとも涼太の言うところの「すっごい偶然」の日。

秋絵は地面に突っ伏して、なにかを先延ばしするかのように泣き続けている。不規則に上下するその背中に波琉子は声をかける。

「池はもうないよ。とっくに埋め立てられた。でも、池があった場所は知ってる」

十六年前、ため池を見つけられなかった波琉子はその数日後、図書館で自分が生まれる以前の地図を調べた。ため池は菜の花の種ほどの小ささで記載され、その場所は住宅街から予想外に近かった。

六階建てのビルに明かりがついている窓はない。

このビルがほんとうにため池を埋め立てた場所に建てられたのか確証はない。もしかすると隣の駐車場かもしれないし、正面の倉庫風の建物かもしれない。

波琉子はこのビルに入ったことがあった。ため池を見つけられずテクノパークをさまよっていたところ警備員に声をかけられ、守衛室に連れていかれたのだった。その数日後、ため池がこの付近に存在していたことを知り、あのビルだと閃いた。兄が呼んでくれたのだと解釈した。

あのとき警備員が電源の入っていない自動ドアを手で開けたのを覚えている。同じようにガラスドアの合わせ目に手を入れると、鍵がかかっていないらしくスライドさせることができた。

秋絵の袖を引っ張り、なかに入る。

非常灯の明かりが、フロアマップやポスター、奥へと伸びる廊下を照らしている。入口の右側にある守衛室は電気が消えているが、玄関の鍵がかかっていないのだから不在ではなく巡回しているのだろう。

ねえ、と不安げな声を発した秋絵を、しっ、と口もとに人差し指を立てて叱った。

玄関のセキュリティの甘さが罠《わな》のようにどのドアもＩＣカードで入退室が管理され、無理やり開けようすると警報システムが作動するらしかった。

エレベータは二基とも停止していた。エレベータ横の非常階段の扉を開け、秋絵を引きずるようにして上っていく。

「ねえ、どこ行くの？　どうするの？」

秋絵の声が反響する。

「あなたならわかるでしょ」

「わからないよ」

「わからないわけない。だって生まれ変わりなんでしょ。覚えてるんでしょ。早く兄の幽霊に会わせてよ。あなたが連れていってよ」

「もういいよ」

「よくない」

「やだってば」

「じゃあ、どこに行くの？　ほかに行くところがあるの？」

そう聞くと、秋絵は黙った。

二階、三階、四階とどのフロアも非常灯がついているだけで人の気配はない。秋絵の袖から手を放さず、波琉子は非常階段を上へと進んでいく。

自分はこの女になにをさせたいのだろうと考えた。記憶の過ちを認めさせたいのか、嘘をついたと白状させたいのか、母親のしたことを謝罪させたいのか。それだけでいいのか。

最上階のドアを開けて屋上に出た。白い塔屋がぼうと浮かび、避雷針が夜空を突き刺している。月明かりが照らす光景に、夜は黒くはないのだな、と改めて思った。

墨色に塗り潰された山の連なりがすぐそばに見える。吹きつける風には腐葉土と枯れ葉のにおい、新緑の気配がかすかに混じっている。視線を逆に転じると、防風林が黒々とした帯となり、その向こうに住宅街のまばらな明かりが滲んでいた。

「放して」

怯えを帯びた声に、絶対に放さないと思ったのに波琉子の手はあっさりとセーターの袖から離れた。

「知ってるんでしょう？　どうして兄が死んだのか、あなたのお母さんがなにをしたのか、ほんとうは全部知ってるんでしょう？」

「誰のせい？」

秋絵のつぶやきを風がさらっていく。

「誰のせい？」

鼓膜が捉えた言葉を波琉子は復唱した。

「男の子の家族に会えばなにもかも変わると思ってた。みんな信じてくれると思ってた。それなのになんでこうなの？　私、こんなの望んでなかった。こうなったのは誰のせい？　お母さん？　成彦？　それともあんたのせい？」

「あなたのお母さんのせいよ」

波琉子の返答に、秋絵は下くちびるを嚙んだ。

「そうだよ。お母さんが悪いんだ。全部お母さんのせいだ」

秋絵の視線がふっと遠くなり、あの山、とつぶやいた。黒い山から吹きつける風で長い髪がのたうちまわるようだ。

「あの山知ってる。ここ、子供のときに住んでたまちだ」

そう言って反対側を指差し、

「あの防風林も知ってる」

ひそやかに、しかし嬉しそうに秋絵は笑った。

「そう、T市の幸町。いままで気づかなかった？」

「あのころはよかった。お母さん、成彦には厳しいのに、私のことはすごくかわいがってくれた。いつも一緒にいてくれたし、なんでも買ってくれた。秋絵はいい子ね、かわいいねって。私、お金持ちだったの。お嬢様だったんだよ？」

得意げな秋絵に、私だってそうだ、と波琉子は言い返したくなった。

裕福ではなかったが、母はいつも一緒にいてくれた、大切にしてくれた、かわいがってくれた。ただ、母の瞳に映っていたのは娘ではなかったのだ。

「でも、お母さんのせいで家族がばらばらになった。お母さんのせいで貧乏になった。私、古くて狭いアパートでお母さんが帰ってくるのをひとりで待つようになった。かわいそうでしょ？　それなのにお母さん、洋服とかお菓子とかあまり買ってくれなくなった。いらいらしてやつあたりするようになった。ごはんだってつくってくれないこともあったんだよ。私ね、わかったんだ。ほんとうの私は、やっぱり池で溺れた男の子なんだって。あの子の家族がほんとうの家族なんだって。お母さんも気づいてるんだと思った。だから溺れたときのことをしゃべるとあんなに怒ったんだよ。私、ずっと待ってた。いつかきっとほんとの家族が迎えに来てくれるって。そうしたら幸せになれるって。それなのに、どうしてこうなの？　全部全部ぜーんぶお母さんのせいだ」

「あなたはお母さんに愛されなかったの？」

秋絵は答えない。

「あなたのお母さんは、あなたを愛してなかったの？」

「ちがうちがうそんなことない。お母さんは、秋絵のためならなんでもできる、って。秋絵がいてくれるだけでいい、って。私のお母さんはすごくいいお母さんだよ」

――お母さんは、いいお母さん。

女児の声が耳奥を流れた。

「殺したのよ」

波琉子は声を張った。鞭のようにしなる風に逆らい、秋絵のほうへ足を踏み出す。

「あなたのお母さんは、私の兄を殺したの。あなたのお母さんが差し出した板に、先につかまったのは私の兄だった。あなたのお母さんは板で兄のこめかみを打った。自分の子供さえ助かれば、他人の子供なんてどうでもよかったのよ」

「ちがう」

「ちがわない。あなたのお母さんだって自分が殺したって知ってた。だからこめかみに痣のある息子、あなたの弟に怯えたの」

「ちがうちがう。だって、一緒に遊ぼうって声かけてきたのはあの子のほうだった、ってお母さんが言ってた。あの子のせいで私が溺れたんだ、って」

「やっぱり知ってたんだね」

田尻成彦は言っていた。姉は母からすべて聞きました、だから刺したんだと思います、と。

「お母さんは悪くない」

「じゃあどうして刺したのよ」

「お母さんは、もう私を助けてあげられない、って言った。私を置いて行く、って。悪いことをしたから罰を受けなきゃならない、って。私は、お母さんは悪くないって言ったのに」

「あなたのお母さんは警察に行こうとしたんだね」

兄の死には目撃者がいた。秋絵の母親は何年にもわたり強請《ゆす》られ、それはいまも続いていたらしい。田尻成彦の話から察すると、強請っていたのは一一九番通報をした男のようだった。

「もう無理だから、ってお母さんが」

秋絵の母親が出頭しようとしたのは、兄を見殺しにした罪悪感からではなく、結局は自分と自分の娘が苦しみから解放されるためだったのだ。

「だから、これからはひとりで生きていかなきゃいけない、って。行かないでって言ったのに。あんなにお願いしたのに」

窓のサッシで死んでいる蠅。ほうきで掃かれ、ごみ箱に捨てられる命。この女と母親は、兄を意味のないものとして葬ったのだ。

「お母さんのところに行きたい」

そうつぶやいた秋絵の頭がぐらりと揺れた。倒れるのかと思ったが、風に髪をなぶられながら風上に向かって歩いていく。屋上はコンクリートの低い囲いがあるだけだ。囲いに行き当たった秋絵は波琉子のほうに首をねじった。

「押してくれるかなあ」

呆けた声に、波琉子はさらに足を踏み出した。山の連なりが迫ってくるようだ。

「これで終わりなんだね」

秋絵がつぶやく。

「そう、終わり。あなたも、あなたのお母さんも、もう終わり」

でも私たちは終わらない、と波琉子は胸のなかで続けた。子宮に宿ったはずの小さな命に呼びかけるように、きっと兄は生まれ直す、私が兄を産み直すのだ、と思う。

だから――。

「赦してくれる?」

自分のなかからこぼれた声が、母の声に聞こえた。幼いころに行った児童公園の光景がよみがえる。あのとき母は波琉子の肩をつかみ、お母さんを赦して、と言った。その言葉は誰に向けられていたのだろう。死んだ息子、生まれた娘、それとももっと別のものだろうか。

「ねえ、赦してくれる?」

また母の声。赦してくれる?　と訊ねているのは母なのに、赦す、と返ってくるのを切望しているのは波琉子自身だった。

コンクリートの囲いの向こうに、兄が死んだ黒く冷たい池があるような気がした。下をのぞき込みたい衝動に駆られ、さらに足を前に進めた。

ひときわ強い風が吹きつけた。

「あ」

短い声に、波琉子は我に返った。秋絵が発したその声が、彼女自身を決意させた。思わず伸ばした波琉子の手が、秋絵の肩をつかんだ。しかし、つかめたのは一瞬のことだった。すでに秋絵は片足だけを残し宙に浮いていた。

次の瞬間、秋絵は消えた。

鈍い衝撃音を聞いた気がしたが、風のうねりかもしれない。彼女が最後に発した「あ」という声も風の音だったのだろうか。赦す、という言葉を残さず飛び降りた彼女を、波琉子は激しく憎んだ。

終章

心は恐ろしく静かなままだ。息の根を止められたように、心そのものをもぎ取られたように。

波琉子は自分のなかになにもないのを感じた。あらゆる感情も、宿したつもりの命も、なにも残っていない。屋上から飛び降りた秋絵に、すべてを持っていかれたようだった。

高速バスがT市の駅前に停まった。

波琉子は座席にもたれたまま、下車する乗客の後ろ姿をぼんやり見やった。ここで秋絵とふたりバスを降りた夜からまだ一日もたっていない。わずか十数時間前のことに現実味が湧かないのは、午後の穏やかな陽射しのせいだろうか。こんなにまばゆい晴天なのに、こげ茶色の山から吹きつける強い風が窓越しの街路樹を揺らしている。

一度は東京に戻った波琉子が、再び高速バスに乗ったのは、そば屋で観た情報番組のせいだった。キャスターは、風間秋絵と行動をともにした女がいると言った。ということは、おそらく田尻成彦が警察に告げたのだろう。母には連絡がいったのだろうか。母が兄の死の真相を知ってしまうことは、なにより残酷なことだった。そう思うと、自分がいま行くべき場所はひとつしかないと感じた。

T市の駅前を発車した高速バスは、実家があるまちへと向かっている。流れる風景を眺めていた波琉子は、突然思い出した。あれはいつのことだっただろうと記憶をたぐり、十三歳の誕生日の夜のことだと思い当たる。テクノパークをさまよい警察に保護された波琉子を父が車で迎えに来たのだった。

お父さんも長いあいだつらかったんだ、と父は前を向いたまま言った。昇華ってわかるか？と聞かれ、父の言葉のなにもかもが理解できなかった波琉子は考えることを放棄し、ただ首を横に振った。そんな波琉子の心中に気づかず、父は続けた。

――お父さんはずっと、波琉が死んだのは自分のせいだと思ってた。波琉が生まれるとき、母子ともに命が危なかったんだ。あのときお父さん、祈ってしまったんだよ。どうかお母さんを助けてくださいって。お母さんが助かるなら子供はいりませんって。お父さんがあんなことを祈らなければ、あの子は死なずに済んだんじゃないかってずっと思ってきた。

波琉子ははっと右隣を見た。そこに父が座っているような気がしたのだ。しかし、橙色の座席には小さな陽だまりができているだけだ。

いままで一度も思い出したことのなかった父の言葉が、母の声と重なった。

――お母さんのせいなの、お母さんが目を離したせいなのよ。

黒焦げのパンダがある児童公園で母はそう言い、お母さんを赦して、と絞り出したのだった。

波琉子は自分のせいだと思っていた。兄の記憶がないから、母を裏切っていたから、母の愛する「はるちゃん」になれなかったから、だから兄は二度も死んだのだ、と。

自分のせいだ――。

父も母も、そう感じながら生きてきたのだと知った。

赦す、という言葉を残さず、秋絵は飛び降りてしまった。父も母も、赦すという言葉を得られないままなのではないだろうか。

高速バスが終点に到着した。実家のあるまちを訪れたのは一年ぶりだ。駅前には立体駐車場を備えたスーパーと結婚式場、結婚式場の向こうにはコーヒーショップがある。

バスを降りた波琉子は、ロータリーのベンチに腰かけた。陽光をたたえた混じりっけのない青空が広がっている。

このあいだ母に会ったとき、母の問いに答えなかったことが思い出された。お母さんのこと赦してないでしょう。そう聞いた母にどうして、赦す、と答えなかったのだろう。だからお母さんも私を赦して、と乞わなかったのだろう。

　実家まではここから車で十五分ほどだ。タクシー乗り場に行こうと思いながらも立ち上がることができず、携帯の電源を入れた。母と田尻成彦からの着信があった。波琉子はそのうちのひとつを呼び出した。

　もしもし、と聞こえた声を遮り、

「警察に言ったの？」

　と訊ねた。

「はい？」

「私のこと警察に言ったでしょう」

　数秒の沈黙ののち、いいえ、と静かな声が返ってきた。

「でも、やっぱり友高さんだったんですね。そうかもしれないと思ってました」

「あなたじゃなかったら誰が言ったの？」

「タクシーの運転手が、テクノパークで女性をふたり降ろしたと言っているそうです」

「警察は私だって知ってるの？」

「それはちょっと僕にはわかりません」

「お母さんは？」

「え？」

「私のお母さんはこのこと知ってるの？」

「それもわかりません」

すみません、と言った田尻成彦に、波琉子は謝罪を返す。

「ごめんなさい」

「なぜ友高さんがあやまるんですか？」

「あなたのお姉さんのこと」

「姉も意識が戻ってからずっと、ごめんなさいと繰り返しています」

「え？」

「なにがあったのか教えてもらえませんか？」

生きてるの？　と言いかけた言葉をのみ込み、また連絡すると告げて通話を切った。

波琉子はタクシーに乗り込み、実家の住所を告げた。

母は兄の死の真相を知ってしまったのだろうか、と考えた。長い年月をかけてすっかり癖になったくちびるの端の曖昧な笑みは、わずかに筋肉を動かすだけで泣き顔へと変わってしまう。そんな笑みを浮かべなければならない人に、何度「赦す」と伝えてもたりない気がした。

歩行者優先の信号のせいで、タクシーはロータリー出口から発進できずにいる。

波琉子は着信履歴のもうひとつの番号を呼び出した。

「あら、波琉子?」

すぐに聞こえた母の声は思いがけず明るい。

お母さん、ごめんね。

そう言おうとしたとき、視界に母が飛び込んできた。目の前の横断歩道を、携帯を耳に当てながら歩いていく。スーパーに行くのだろうか、つばのついた帽子をかぶり、ショッピング用のリュックサックを背負っている。ほほえんだ横顔を見て、母はまだ知らないのだと確信した。

「おかず受け取った?」

「え?」

「宅配便で送ったおかずよ。筑前煮ときんぴらごぼうとかぼちゃの煮つけ」

「うん、受け取った。ありがとう」

「そう、よかった」

と、母は笑みを広げた。

娘に見られていることに気づかず、すぐ前をゆっくり横切っていく母は、小さくて歳をとっていた。波琉子の知らない女のようでもあったし、波琉子の母親というただそれだけの存在のようでもあった。そして、どうしようもなくひとりぼっちに見えた。

横断歩道を渡りきった母は、建物の陰に隠れた。

「それでさっき電話くれたの？」

「ううん、ちがうわよ」

姿が見えなくなったのに、声だけ聞こえてくるのが不思議だ。

「今日、波琉子のお誕生日でしょ。お誕生日、おめでとう」

お誕生日、おめでとう。そのありふれた言葉に、まぶしい光に打たれたようになった。もうとっくに赦されているのではないか、もうとっくに赦しているのではないか。そう思えてならなかった。

「おめでとう」

波琉子が返すと、母は「ありがとうでしょ」と笑った。

おめでとう。声にはせず、繰り返した。

今日は誕生日だ。三十六歳の、と兄の年齢をまず思い、そこから私の二十九歳の、と七つ引くのは幼いころからの習性だ。

解説――完璧なことが求められる母親たちの苦悩

千街晶之

　ＴＶのニュースや、新聞や雑誌の記事に目を通せば、世の中には悪事を犯す人間というものが無尽蔵に湧いて出ることがわかるけれども、当然のことながら、彼らのひとりひとりに親がいる。それが大きな事件であればあるほど、犯罪者の親に非難が集まる傾向があるが（特に母親が非難されるケースが多いように感じられる）、親たちが子供を悪人になるよう育てたわけでもあるまい。親たちはそのような局面を迎えて、自分の育て方の何が悪かったのかと、答えの出ない自問を繰り返すしかないのではないか。子供を守ろう、幸せにしようと思いながら育てた、その結果について。

　また、親が実の子供を手にかけたり、逆に子供が親を殺《あや》めたりする悲劇もしばしば起こる。

そのような親子のあいだには何があったのか、何が齟齬《そご》を生んだのか。それは極端な例としても、平穏な間柄の親子においてさえ、「自分は子供の育て方に失敗したのではないか」「自分は親が望むような子供になれなかったのではないか」という疑問はよぎるものだろう。特に子供は、親が自分に何を望んで名づけ、育てたのか、そして自分はその望みに応えられたのかと、どうしても思いをめぐらさざるを得ない。完璧な親や完璧な子供になることなど不可能と知りつつ、ひとは親子関係の理想と現実について懊悩《おうのう》と反省を繰り返し続けるしかないのだ。

その意味で、まさきとしかの長篇『完璧な母親』（二〇一三年一〇月、幻冬舎から書き下ろしで刊行）は、手に取った読者をタイトルだけでそこはかとなく不安な気分にさせる小説である。親子関係が失敗と試行錯誤の連続によって形成される以上、「完璧な母親」などというものは存在しない筈だが、それでも母親はしばしば完璧であることを求められ、なおかつ母親本人もそうであることを自らに課する。そこから生じる歪《ゆが》みが、このタイトルを不穏な翳《かげ》りで染めている。

著者は一九六五年、東京都に生まれ、北海道札幌市で育った。大学卒業後は札幌でアルバイトを転々としていたが、たまたま手にした藤堂志津子の小説を読んで、自分も何かを書きたい衝動に駆られたという。札幌在住の小説家・故川辺為三の創作教室に通いはじめ、「パーティしようよ」（正木としか名義）が一九九四年の北海道新聞文学賞佳作に選ばれた。その後も会社勤めの傍ら執筆・投稿を続け、二〇〇七年、ペンネームをまさきとしかに改めて第四一回北海道新聞文学賞を「散る咲く巡る」で受賞、小説家デビューを果たした。

その「散る咲く巡る」を含む短篇集『夜の空の星の』（二〇〇八年）が初の著書であり、二〇一一年には第一長篇『熊金家のひとり娘』を上梓した。ミステリ的な作法によって書かれた家族のしがらみの物語である。続いて発表された第二長篇の本書は、共通のモチーフを扱いつつ、よりミステリ寄りの内容となっている。

ミステリ小説では普通、冒頭に何らかの謎が提示され、それが最後に解き明かされる。しかし本書の場合、何が謎であるかは曖昧模糊《あいまいもこ》としている。序章ではある事件が暗示的に描かれているけれども、第一章の内容はそれより過去に遡るので、どういう経過を辿《たど》って序章の事件が起きたのかを描くのが本書の狙いなのではないか……と窺い知れる。

第一章は、北関東のT市で、夫や六歳の息子・波琉と三人で暮らす主婦・友高知可子の視点で描かれる。数度の流産のあと、やっと息子を無事に出産し、何の不満もない幸せな毎日を送っていた彼女を、一九八二年の春、不意に悲劇が襲う。波琉が池で溺死したのだ。

誰しも、そんな悲劇が自分の身に降りかかるなどとは予想しない。知可子もそれまでは、パチンコに夢中になって目を離したせいで子供を死なせてしまうような女性を「母親失格」と軽蔑していたのだ。その言葉が、まさか自分に跳ね返ってくるとは……この悲劇が、その後の彼女と家族の人生を大きく狂わせることになる。

息子を失い悲嘆にくれていた知可子は、やがて驚くべき発想に辿りつく。波琉の誕生日と同じ日に再び子供を産むこと——つまり、もう一度「波琉の母親」になることだ。天に願いが通じたのか恐るべき意志力の賜物か、知可子はそれを実現する。産まれたのは息子ではなく娘だが、知可子にとってそれは重要ではない。彼女は娘に波琉子と名づけ、二度目の「完璧な母親」としての人生を歩みはじめた……。

こうして知可子の子育てが始まるのだが、娘に死んだ兄そっくりの名前をつけるにとどまらず、誕生日には二人分のプレゼントを用意し、ケーキに波琉子の年齢より七本多いろうそくを立てるなど、娘に兄の生まれ変わりであることを常に意識させ続ける育て方は明らかに常軌を逸している。知可子の視点から描かれるだけに、彼女の中に根を張る「波琉子は波琉の生まれ変わりである」という思い込みの強さと、それを正当化する論理には慄然とさせられる。それは客観的には狂気に近い心理状態だが、彼女にとってはその正しさは自分で腹を痛めた母親にしかわからないという確信がある。夫や娘の担任がいかに子育てのやり方をたしなめようとも、彼女の信念が揺らぐことはない。

しかし一方で、知可子は自分が「母親失格」と言われることを極度に恐れている。彼女を脅かすのは、「あんな母親だから、あの子は不幸な出来事に巻き込まれてしまったのだ。大切な子供から一瞬たりとも目を離すなんて信じられない」とまくし立てる幻聴であり、いかにも「母親失格」な、髪を金色に染めただらしない女の幻影だ。その女は実は自分ではないのか……という恐怖が知可子の心の奥に潜んでいる。

知可子の別人格《アルターエゴ》とも言うべきその幻影の女とそっくりな人物が実際に現れたことから、物語の歯車はまた動きはじめる。T市を離れ、マンションで暮らしていた知可子の隣室に、金髪の女——蔓井朱実は小さな男の子と一緒に引っ越してきた。やがて、知可子のもとに「さぞかしいいお母さんなんでしょうね。」と記された手紙が届いた。その後も、彼女を詰《なじ》るような匿名の手紙が次々と届く……。

蔓井母子と知可子の出会いがどのような事態を引き起こすのかは、ここでは記さない。第二章では時代は二〇一〇年代に飛び、新聞社勤務の田尻成彦を主人公とする新たな物語がスタートする。三十路を間近に控えた今でも成彦の夢にしばしば登場し、彼の首を絞め、思いきり投げ飛ばす恐ろしい赤鬼——その正体は彼自身の母親にほかならない。彼は二、三歳の頃から「赤鬼」に虐待され、小学校一年生の時にそれが母親だと気づいた。その時から母親は姿を消し、姉の秋絵も母親のもとへ引き取られていった。

自分は赤鬼の子であり、いつかその赤鬼を殺してしまうだろう——幼い頃の戦慄的な予感を忘れられない成彦は、五年前に死んだ父親の戸籍を調べ、母親と姉が川崎市で健在であることを知る。彼は二十数年ぶりに秋絵と対面したが、彼女は自分が池で溺死した男の子の生まれ変わりだと主張する。三十年前の溺死事故について調査を始めた成彦は、その過程で知可子の娘・波琉子と出会う。

第三章はその波琉子の視点で、彼女がどのように育ったかが描かれる。スペインの画家サルバドール・ダリは、自分が生まれる前に死んだ兄と同じ名をつけられ、兄の代理として溺愛されたことに傷つき、自分自身の存在を証明しなければならなくなったことが、後年の彼の過剰な自己宣伝癖につながったという。果たして波琉子の場合はどう育ったのか。それぞれ過去に遡ってゆく成彦と波琉子の前に浮かび上がるのは埋もれていたひとつの事件だが、二人が本当に探し求めるのはその真相というより、母親の真意であり、ひいては自分たちの存在理由なのだ。

自分が何らかの理由で怒らせたから母親が赤鬼になったという罪悪感を背負った成彦。死んだ男児の生まれ変わりという幻想にしがみつく秋絵。結局、自分が母親にとって兄の代わりにはなれなかったため、その兄の生まれ変わりを主張する秋絵を許せない波琉子。その波琉子の回想に登場する蔓井朱実の息子・涼太も含め、本書に登場する了供たちはみな親の育て方によって人生を歪められており、そんな彼らの運命が交叉したことが、序章で描かれた事件の原因を作る。あまりにも過去と母親に強く呪縛され、意識しすぎた子供たち。出会ってはいけなかった彼らは、だがその出会いを通して、復讐ではなく「赦《ゆる》し」を狂おしく求める。

本書は恐ろしく、なおかつ悲劇的な物語である。だが、ここで問われているのは、作中で描かれたような家族のあいだにも、過去を乗り越えた「赦し」は成立するのかということだ。答えは読者それぞれが自分で出すしかない。何故ならそれは、親である限り、また子である限り決して逃れられない問いなのだから。

著者は本書刊行後、母親に見捨てられた男の子の不思議な共同生活を描く第三長篇『途上なやつら』（二〇一四年）を発表。そして第四長篇『きわこのこと』（二〇一五年）は複雑な構成のミステリであり、さまざまな人物の視点から直接的あるいは間接的に、ひとりの女性の人物像を浮かび上がらせるという高度な試みに挑んでいる。本書が気に入った読者は、鋭い心理描写を武器に、家族のしがらみや実像と虚像の落差を通じて人間という存在の深奥に迫ってゆく著者の他の作品にも手を伸ばしてほしい。

――書評家

この作品は二〇一三年十月小社より刊行されたものです。

完璧《かんぺき》な母親《ははおや》

まさきとしか

平成28年12月10日　初版発行
令和3年6月10日　14版発行

発行人――石原正康
編集人――袖山満一子
発行所――株式会社幻冬舎
〒151-0051東京都渋谷区千駄ヶ谷4-9-7
電話　03(5411)6222(営業)
03(5411)6211(編集)
振替00120-8-767643
印刷・製本―株式会社 光邦
装丁者――高橋雅之

幻冬舎文庫

ISBN978-4-344-42554-5　C0193　ま-33-1

幻冬舎ホームページアドレス　https://www.gentosha.co.jp/
この本に関するご意見・ご感想をメールでお寄せいただく場合は、
comment@gentosha.co.jpまで。